甘味亭太丸
イラスト
ヨシモト

悪役令嬢、宇宙を駆ける

二度目の人生では宇宙艦隊を率いて
星間戦争を勝利に導きます

THE VILLAINESS
RUNS
THROUGH SPACE

リリアン・ルゾール
死に戻った元提督
地球帝国軍戦艦
ティベリウス
「放て！」

激突!ティベリウスvs異星人艦隊
主砲斉射。
重粒子の輝きが
圧倒的な熱量をもって
敵艦の装甲を抉っていく。
数秒後、破裂する
風船のように
僅かに艦体が膨張を見せて、
反応は消失した。

邂逅する二人の天才
ステラ・ドリアード
未来の総司令官
「魚雷をありったけ放出してください！」
「宇宙魚雷を散布してください」
リリアンの提案に
かぶさるように同じような作戦が
艦橋に割り込んできた
ステラの口から発せられた。
（やはり来たわね。
ただ一つ、意外なのは）
自分がステラと同じ作戦を
思いついたことだろう。

悪役令嬢、宇宙を駆ける

二度目の人生では宇宙艦隊を率いて星間戦争を勝利に導きます

甘味亭太丸

イラスト
ヨシモト

Kanmitei Hutomaru
presents
Illustration by Yoshimoto

本文・口絵イラスト：ヨシモト
デザイン：ＡＦＴＥＲＧＬＯＷ

Kanmitei Hutomaru
presents
Illust. by Yoshimoto

CONTENTS

THE VILLAINESS RUNS THROUGH SPACE

序章　リリアン・ルゾール提督《ていとく》：七十九歳《さい》

地球帝国《ていこく》一〇九番パトロール隊はその名の如《ごと》く、艦隊《かんたい》を構成するのはパトロール艇《てい》と呼ばれる駆《く》逐艦《ちくかん》の足元にすら及《およ》ばない張りぼての帆船《はんせん》のようなものばかり。大きさも宇宙船の中では小型も良いところの一〇〇メートル級のみ。武装も重金属を加速機によって撃《う》ちだす重粒子砲《じゅうりゅうしほう》、それの小型単装砲が三つあれば贅沢《ぜいたく》、一つあれば十分と言ったところで、主武装は艦首の宇宙魚雷《ぎょらい》が三基、弾《だん》数《すう》は雀《すずめ》の涙程《なみだほど》といったところか。

そもそもは栄《は》えある地球帝国の軌道《きどう》衛星上でのみ活動するはずのこのちんけなパトロール艇は、既《すで》に地球から一〇〇〇光年も離《はな》れた【最前線】にいる。

異常なことである。

そのパトロール艦隊の中でたった一隻《いっせき》だけ、異質なものがある。五〇〇メートル級の重巡洋艦《じゅうじゅんようかん》・アトロポスである。重巡洋艦などというが、実際は旧式も良いところ。褒《ほ》める点があるとすればかつては地球帝国の正式採用巡洋艦と同型だったというところだけであろうか。

この部隊を率いるリリアン・ルゾール少将は七十九歳。軍士官学校エリートコースを卒業後、【安全】なパトロール隊を率いて従軍。その後、親のコネと一応の才能を認められ、若くして出世、艦長職に就《つ》き、提督に上り詰《つ》め六十年も艦隊を預かっている。

従軍六十年のベテランと言えば聞こえはいいが、大型戦艦で構成される大艦隊を率いたのは過去一回のみ。それ以降は前線から外され、六十年もの間、古びた巡洋艦を一隻与《あた》えられ、意味のない宙域をぐるぐると回るだけのパトロール部隊に置かれていた。つまり左遷《させん》である。

本来であれば、貴重な人材と旧式とはいえ巡洋艦をそんな無駄《むだ》なことに使うことすら勿体《もったい》ないのであるが、リリアンを戦場に連れていくこと自体が不吉《ふきつ》なこととして地球帝国軍内では共通の認識《にんしき》となっていた。

なぜならば、彼女《かのじょ》は栄光の地球帝国艦隊を一夜にして壊滅《かいめつ》させた原因だから。

さらにはおめおめと生き残った恥《は》ずべき者であるからだ。

そんな者に、巡洋艦を一隻与えるだけでも贅沢だった。

それでも、彼女は艦にしがみついた。

なぜなら、そこ以外に自分の居場所はなかったからだ。

否《いや》、地球帝国という社会に彼女を受け入れようとする場所など存在しない。

唯一《ゆいいつ》、この寂《さび》れた巡洋艦の中だけ。それは彼女の檻《おり》であり、家であり、彼女自身でもある。そこから一歩も外に出ることを許されない墓標ともいえる。

リリアンはアトロポスの艦橋に深く腰《こし》を沈《しず》めて、陣形《じんけい》だけは一丁前なアトロポス艦隊の全容がメインモニターに表示された3D再現図を眺《なが》める。

単横陣形という古来より続く動きを、とりあえずパトロール艇でやってはみるものの、なんとも頼《たよ》りない姿だ。

今いる艦船でこの陣形が全く意味をなさないものであることは誰《だれ》もが知っている。

だがこれしかできない。敵の攻撃《こうげき》を防ぐ為《ため》の電磁シールドという技術は存在するが、こちらにはまともなシールドを展開出来る艦は数える程もない。敵である馬頭星雲《ばとうせいうん》艦隊の重粒子砲を受ければ旧式の巡洋艦のシールドなど三発も防げれば十分といったところだろう。

「なんとも壮烈《そうれつ》だねぇ。たかが十数隻の艦隊を相手に、あっちは三〇〇隻だ」

リリアンは自身の眼前に表示されたヴィジョンを目にしながら、状況《じょうきょう》の最悪さを鼻で笑った。

かつては麗《うるわ》しき美貌《びぼう》と称《たた》えられたリリアンは七十九になり、齢《よわい》と皺《しわ》を重ねたその姿は覇気《はき》もなく、暗がりに引きこもる魔女《まじょ》のようであった。本人もそれを自覚しているのか、化粧《けしょう》もしなくなったし、髪形《かみがた》を整えることもしなくなった。

自慢《じまん》だったブロンドピンクの髪は色を失い、白髪《しらが》と化しているのもまたリリアンを魔女と言わしめるに十分だった。

日光に当たらない為か、肌《はだ》は白く、薄暗《うすぐら》い照明のせいで青白くも見える。

六十年前のあの日から。自分の我儘《わがまま》と失敗により全《すべ》てを失ったあの日から。

リリアンの時間は止まったままだった。

「艦長。あなたとはどれだけの付き合いだったかしらね」

艦隊の差は歴然。

当然、まともな戦闘《せんとう》が出来るわけもない。ようは捨て駒《ごま》である。

現在、地球帝国は未曾有《みぞう》の危機に瀕《ひん》している。六十年前、リリアンによって引き起こされた大敗以前から、戦力も人材も枯渇《こかつ》気味であるが、ここにいるのは消えても問題ないモノばかりだ。

「二週間です。提督」

艦長と呼ばれた壮年《そうねん》の男はおっくう気味に答えた。

そうか、うちの艦長は定期的に交代するのであった。それが当たり前になってからは艦長という役職を個人で捉《とら》えることはなくなり、記号として認識するだけだった。

どうしてそんなことを聞いたのか自分でもわからないが、何か会話でもしたい気分だったということにしておこう。

もしかすると前任の艦長にも同じことを聞いたかもしれない。

「そうか。逃《に》げないのかい？」

「逃げても銃殺刑《じゅうさつけい》ですよ」

「ふぅん。お優《やさ》しいステラ宇宙帝国外周軌道艦隊司令官はそんなことしないと思うがね？」

リリアンの言葉には多少の皮肉も混じっていたが、艦長もそのことは理解しているのか、同じように皮肉めいた笑《え》みを浮《う》かべた。

「周りはそうではありません。特に、あなたの部隊に配属される人間は周りから憎《にく》まれていますから」

そういえばそうだった。

ここは使い潰《つぶ》し、処理したい人材を放《ほう》り込《こ》む場所だった。

無意味な行為《こうい》を延々と続けていれば発狂《はっきょう》するか、やる気を失いどこかへ忽然《こつぜん》と消える。そんな場所だ。リリアンもそれを止めることはしない。

人材が枯渇しているというのに人材を処理する場所。なんとも矛盾《むじゅん》した状況だ。

だがそれも仕方ないのかもしれない。栄光の地球帝国は敗戦濃厚《のうこう》になってからは政治も乱れ、恐《おそ》るべき独裁国家となった。

あらゆる資源は戦争に費《つい》やされ、反対を訴《うった》えれば最前線送り。

そんな無茶がまかり通ってしまう程に。

「あんたは何をやったのさ」

「何もしませんでした。だからここにいます。どうせ負けますから」

「そりゃあいい。艦隊の指揮経験は?」

「あるわけないでしょう。今や帝国宇宙艦隊は無人機が主流です。ですが、艦隊指揮をやってみたかったので、ここにいます。どうせ負けるので」

艦長はあくびをしながら答えた。

もうじき。あと二時間もすれば敵艦隊と接敵するというのに、このざまだ。

そうとう仕事が出来なかったのだろう。もしくは、全てを諦《あきら》めているから自殺願望込みでここにやってきたのか。

「じゃあ艦隊指揮は任せる。どうせ私らは逃げられんよ。好きにやりなさい。えぇと」

「クインシーです。ザバト・クインシーであります」

「ではキャプテンクインシー。指揮を」

「イエス・マム。それでは」

艦長はキャップを被《かぶ》りなおすような仕草をしてみせた。

「艦長といえばこれです」

そんな意味不明なことを言って。

そして二時間後。結果は言うまでもない。接敵した瞬間《しゅんかん》、無数の重粒子砲の閃光《せんこう》が煌《きら》めいた。何百もの光の矢が艦隊に突《つ》き刺《さ》されば、それだけでパトロール艇は全滅《ぜんめつ》。重巡洋艦のアトロポスはその巨体故《きょたいゆえ》にある程度は持ちこたえていたが、シールドなんてものは既に喪失《そうしつ》している。

さらに言えば、艦隊指揮を執《と》ると言っていた艦長はアトロポスが被弾《ひだん》した瞬間、はじけ飛んだコンソールの直撃を受けてそのまま死んだ。

接敵して五分の出来事だった。

結局、リリアンがそれとなく指揮という名の砲撃命令を繰《く》り出すだけだった。

それもおしまいだ。もう主砲も言うことを聞かないしブリッジでまともに動ける者もいない。

「ようやく」

無傷の敵艦隊の砲塔《ほうとう》がアトロポスに向けられていた。

今までさんざんいたぶるように遊んでいたが、飽《あ》きたらしい。

「ようやく私の罪が清算される」

重粒子の光を眺めながら、リリアンは呟《つぶや》いた。

「あぁ、でも。船は、楽しかった」

刹那《せつな》。リリアンは重粒子の光の中に消えた。

第一章　リリアン・ルゾール嬢《じょう》：十八歳《さい》

「という夢を見た。にしては生々しい」

まるでいつものルーティンのように目が覚めた時、リリアンは十八歳の姿になっていた。懐《なつ》かしいと感じるふかふかの豪奢《ごうしゃ》なベッドに、ファンシーな人形の数々。

そしてかつての初恋《はつこい》の人ヴェルトール・ガンデマン先輩《せんぱい》の写真がいやに目立つ場所に飾《かざ》ってある。

「まさかとは思うけれど」

これは十八歳の時の自分の部屋。そして豊かなブロンドピンクの髪《かみ》を腰《こし》まで伸《の》ばし、自慢《じまん》の美しい肌《はだ》の張りは間違《まちが》いなく若き日の自分の肉体。

されど精神は七十九歳の自覚がある。

重粒子《じゅうりゅうし》の光に焼かれ、塵《ちり》も残さず消滅《しょうめつ》したはずの感覚すら残っているというのに、今の状態は生きていると断言できる、生の感覚がある。

「塵も残さず消えるという感触《かんしょく》はあぁいったものか……良い経験なのかどうか」

そして酷《ひど》く冷静だった。重粒子の光に呑《の》み込《こ》まれ、ぷつりと全《すべ》てが消えていく感覚。痛みがなかったのは幸いなのかそれとも痛みを感じる前に消滅したのか。

とにかく自分の生が途絶《とだ》えたというのに、今は鼓動《こどう》を感じる。ベッドから伝わるぬくもりも、呼吸も、窓の外の風のそよぐ音も、香水《こうすい》の香《かお》りも。

それはとても懐かしいものだ。

「これは……」

まるでいつもそうしていたように、リリアンは部屋の隅《すみ》に立てかけられた柱時計を確認《かくにん》する。

見た目だけはアンティークな代物《しろもの》だが、実際は電子時計であり時刻も日付も空中に投影《とうえい》される。

その日付は四一〇三年、三月。

在籍《ざいせき》していた学園の卒業試験の当日……。

「もしかして、戻《もど》ってしまったというの？」

置かれた状況《じようきよう》は摩訶不思議《まかふしぎ》である。

若き日の自分であればギャーギャーとわめいていただろうが七十九ともなれば妙《みよう》に落ち着いていられる。

つまり、自分は、過去に戻ってきた。

しかも、馬鹿《ばか》で愚《おろ》かだった幼き日の自分に。

齢《よわい》を重ねた精神を持って。

「勘弁《かんべん》してほしいもんだね」

だからリリアンは、再びベッドに沈《しず》んだ。

もしもここが死の国なのだとしたらとんでもない地獄《じごく》だ。

「降参、降参だよ。私の負け。ゲームオーバー。私は出しゃばらない」

そう言葉を吐《は》き出して、リリアンは再び眠《ねむ》りに就《つ》こうとしたが、いやでも目に付くキャラクターの装飾《そうしょく》が施《ほどこ》された時計に視線が向いてしまう。

時計の針は朝の五時を指していた。

あと数時間もすれば、学園の卒業試験を兼《か》ねた本物の戦艦《せんかん》での航行に行かなければならなかった。

「行きたくない……」

口から出るのはそんな言葉だった。

言ったあとで子供の我儘《わがまま》みたいなことと、一層恥《は》ずかしくなった。

「あぁ、そうだ。今の私は十八歳……寒気がする」

十八の子供。大人には逆らえない。かつて、七十九歳だった自分に、お飾りとはいえ提督《ていとく》だった自分に表立って歯向かう者はいなかったが、今はそんな地位もない。

ただの子供なのだ。

それに、いくら肉体が若くても内面が老人ともなると違和《いわ》感というものが出てくる。まず一つは制服を着ることに抵抗《ていこう》が生じる。

どういうわけか自分は過去の自分になっている。なぜを考えても答えは出てこない。そうなってしまったのだから、そうなのだろう。

多少救いなのは、この制服を着るのは今日で最後ということだ。なにせ学園の卒業式を兼ねた最終試験を受けるのだから。

問題はその試験である。

試験と言っても名ばかり。演習用の戦艦に乗り込んで卒業生が演習航海をするだけだ。

一応、実戦を考慮《こうりよ》した試験であるため、使われる戦艦は本物である。駆逐艦《くちくかん》でもなければ巡洋艦《じゅんようかん》でもない。主力を誇《ほこ》る【戦艦】なのだ。

武装も一通り、艦載機《かんさいき》である航宙戦闘機《せんとうき》も一六機配備されており、パイロット課の卒業生も参加する。

本来であれば陸戦隊コースも存在するが、こちらは別途《べっと》卒業訓練を行うようで参加はしていない。

また同時に本職の帝国《ていこく》軍人たちも二隻《せき》の戦艦に乗りこんで監督《かんとく》するという形である。

演習も月の周辺であり、たった一日で終わる。

だがこれは、栄光を誇る頃《ころ》の、平和ボケした卒業試験というやつだ。

それで終わるのならここまで気苦労は増えない。

「『戦艦ティベリウス、奇跡《きせき》の帰還《きかん》事件』……あぁ、頭が痛くなってきた」

だが未来を知るリリアンは、この卒業試験がとんでもない事件に発展することを知っている。本来であればありえない話なのだが、自分たちが乗り込む戦艦ティベリウスがワープ事故を起こし、オリオン座方面へとたどり着く。

奇《く》しくも大人たちが不在の中で、ワープ機関の不具合。修理にはどう頑張《がんば》っても三週間。その間は出来るだけ通常航行で地球方面へと移動。

本来ならば広大な宇宙を航行する為《ため》に開発され、光年距離《きょり》を瞬《また》く間に飛び越《こ》えるはずの機能が使えないというのは恐怖《きょうふ》以外の何物でもない。

だが、それは修理さえすれば解決する話であり、問題はここからである。

敵の襲来《しゅうらい》であった。オリオン座、馬頭星雲《ばとうせいうん》の陰《かげ》から出現するエイリアンたち。

（ヒューマノイドタイプのエイリアンであることだけは知っている。それ以上の情報は結局私のところには降りてこなかったわね）

敵を知ればなんとやらという言葉が過去にあったようだが、あの時はただ「敵のエイリアン」である以上の情報は不要とされた。

唯一《ゆいいつ》、わかったのは捕虜《ほりょ》にしたエイリアンの見た目が、肌の色が紫《むらさき》であり、血の色が緑である以外は人類とそう変わらないといったところか。頭髪《とうはつ》がなく、男か女かもよくわからない見た目だったのはグレイ型に近いともいえたが、結局はその程度の情報しか得られなかった。

（まぁ、敵である以上はその程度でも良いとは思うけど）

彼《かれ》らとの戦争は、当初は五分五分の戦いであったが、それが膠着《こうちゃく》状態を生み、なまじ版図を広げていた地球帝国は己《おのれ》の領土を守るべく出動。

しかし、それは戦力の分散を意味して、一時劣勢《れっせい》に陥《おちい》る。

これに危機を感じた帝国府は艦隊を総動員してオリオン座方面へと遠征《えんせい》を開始したが……というのが崩壊《ほうかい》までの序曲である。

（長く続いた平和……仮想敵は反国家主義のテロリストや宇宙海賊《かいぞく》しかなかったのだから当然と言えば当然）

事件が起きるまで、少なくとも地球帝国はそれなりに安定していた。反対勢力の存在はあれど、国家転覆《てんぷく》を狙《ねら》える程《ほど》の戦力はない。

だが、増えた領土の割には軍人の数は少なく、それに一応の危機感を覚えた帝国府は学生のうちから兵士を募《つの》った。

兵士になれば学費の免除《めんじょ》、各種資格の習得、その他もろもろの優遇《ゆうぐう》処置を取った。

事実、この政策のおかげでエイリアンとの戦争が可能だったことは認めなければいけない。

これは、能力があれば若くても指揮官などに抜擢《ばってき》するなど、一見すると実力主義にも見えたが、敵がいない状況においては権力者たちの子供に対する箔付《はくづ》けが横行し始めた。

その結果、四年後に問題は最悪の方向で噴出《ふんしゅつ》した。

「だから十八の小娘《こむすめ》が艦隊を率いるなんて馬鹿なことになる……」

四年後の間違いだ。

その元凶《げんきょう》こそがリリアンだ。

「やる気だけが空回りして、周りが見えていない愚かな子供。自分の号令で、権力で、何万という兵士を無駄死《むだじ》にさせた無能で不吉《ふきつ》の提督……大敗のリリアン。そんな私が、なぜ、過去に……」

自分の無意味な指揮と突貫《とっかん》で帝国主力艦隊は全滅。初恋の人も、友も、多くの将兵が何もできないまま死んでいった。地球帝国軍艦隊の一翼《いちよく》を任されながら、実力もないのに功名心と虚栄心《きょえいしん》と、嫉《しっ》妬《と》だけで陣形《じんけい》も作戦も無視した猪突《ちょとつ》をして、帝国艦隊が『リリアン艦隊』を残して全滅。まるでわざと逃《に》がされるかのように、敵は追撃《ついげき》することもなくリリアンだけが生き延びた。

そして、あの末路だ。

自分が死んだ後、地球帝国はどうなっただろうか。やはり滅《ほろ》ぼされたのだろうか。

それとも、あの『天才軍師』がなんとかしただろうか。もはやそれはわからないことだ。

「あ、そうだ」

そこまで思い出して、リリアンはポンと両手を叩《たた》いた。

「何も深く考えることはない。私が出しゃばらなきゃいい。つまり、あの子に全部任せればいい。だって天才だ。負け知らずだ」

リリアンの脳裏《のうり》に浮《う》かぶ一人の少女の姿。

かつては勝手にライバル視し、邪険《じゃけん》に扱《あつか》い、いじめて、そして……這《ほ》う這《ほ》うの体《てい》で戻ってきた自分を、憎悪《ぞうお》と哀《あわ》れみと嘲笑《ちょうしょう》とが混ざったような瞳《ひとみ》を向けて、飼い殺してきたあの少女の姿。

六十余年後の未来では艦隊司令として、辣腕《らつわん》をふるい、圧倒《あっとう》的な才能と恐怖とで、地球最後の希望と呼ばれた少女。

「ステラ・ドリアード……」

リリアンはぽつりとその名を呟《つぶや》く。

「なに、簡単な話だったじゃないか。あの天才少女に全てを任せておけば、きっとあの時よりはマシになるでしょう」

ステラという少女は天才だった。

確か元は平民の整備科の卒業生で、卒業試験にも整備班として乗り込んでいたはずだ。事故が起きた際に、戦艦ティベリウスのレーダーやカメラの整備をしていて、いち早く敵の接近を察知し、危機を脱《だつ》することに貢献《こうけん》。

その後も、あれよあれよと事件に対して的確な情報を提供する為、一部の提督候補生から可愛《かわい》がられ、重宝されるようになっていった。

そしてティベリウスの帰還後。

当時の自分はステラのことが気にいらなくて、悔《くや》しくて、適当なことを父親に吹《ふ》き込んで彼女《かのじょ》を出世の見込みのない僻地《へきち》へ、おんぼろの駆逐艦と共に押《お》し込んだ。

だが一年後、自分は親のコネで艦隊を率いる立場になった際に、彼女は知らぬ間に巡洋艦の艦長になっていた。

巡視を続け、地道に宇宙海賊の退治を行ったり、時には敵艦隊の先遣隊《せんけんたい》を蹴散《けち》らしたりして、武功を立てていた。

ますます気に食わなかった。だから父親のコネを使って、彼女を危険な前線に送り込みもした。

それでもステラという少女は生き残り、帰ってきた。

そして、決戦の日。リリアンはステラを遥《はる》か後方に押し込み、彼女を艦から下ろした。結果的に、それでも彼女は同じく生き残った。

その後は自分とは正反対に着実に実績を重ねて、人員の枯渇《こかつ》も相まってか二十歳《はたち》を過ぎた頃には大艦隊を率いていたはずだったと記憶《きおく》している。

反対に、こちらは月に配属され、意味のない巡視を延々と続ける日々。彼女の華々《はなばな》しい戦績を耳にするたびに逆恨《さかうら》みもしたし、妬《ねた》みもしたし、残ったのは後悔《こうかい》と空虚《くうきょ》だった。

その後、適当な宙域に何度も飛ばされて、最後はあえなく鉄砲玉《てっぽうだま》として処理されたという訳である。

「無能が口を出すよりは、才能のある者に全てお任せしようじゃないか」

そう考えると気分は晴れやかだ。

ちょっとぐらいは学校に行ってもいいだろうと思えるぐらいには。

「それにしても。老婆《ろうば》だったとはいえ、体は覚えているものだこと」

フリル付きの少女趣味《しゅみ》な寝間着《ねまき》を脱《ぬ》ぎ捨て、遠い記憶の彼方《かなた》に追いやったはずの学生服へと着替《きが》える。リボンの結び方も問題ない。まるで体が覚えているかのように無意識に出来た。

リリアンは出来るだけ鏡を見ないようにして、それでも長く伸ばしすぎたといってもいい髪を櫛《くし》で整える。

やはりこれも無意識に覚えているものらしく、特にこれといって手間取ることもなく完了《かんりよう》した。

少し、違うことがあるとすればかつての自分は大層な寝坊助《ねぼすけ》で、学校へはいつも使用人が車で送っていた。遅刻《ちこく》しそうな時は自家用機である小型飛行機やヘリを使って無駄に派手なことをしていたっけか。

だが中身が成長したせいか、それとも精神が老婆だからか。理由などどうでもいいが、時刻は早朝の五時。かつての自分なら絶対にベッドの中だろう。

「何にせよ、奇妙《きみよう》な体験ではある」

一つの問題が片付くと、新しい疑問が出てくる。

そもそもなぜ自分は若返ったのか。

自分は、間違いなく七十九歳の時に戦死した。いや、何も出来てないあれを戦死と言っていいのかはわからないが、とにかく命が潰《つい》えたのは事実だ。

それが目を覚ますと、過去の自分に意識だけが転写されたかのように動いている。

「冷静ついでに考えてみれば、我らが栄光の地球帝国も、実情はガタガタだったというわけなのだけれど」

もうじき、地球帝国は馬頭星雲の方角から現れた艦隊との戦争状態に入る。

残念ながらこの戦争を回避《かいひ》する方法は思いつかない。

『これからオリオン座方面からエイリアンがやってきて戦争になるの』なんて言ったところで、一体誰《だれ》が信じるというのだ。

「……ということは、ティベリウス事件は防ぎようがないときた」

オリオン座方面の手前、地球から三〇〇光年離《はな》れた場所へのワープアウト。そこで遭遇《そうぐう》した敵性エイリアンの小規模部隊。ティベリウスは何とか追手を振《ふ》り払《はら》い、地球圏《ちきゅうけん》へと帰還を果たした。

この事故が原因で地球側は敵の存在を知ることになった。

ある意味、この事故は起きなければいけない事故なのかもしれない。

これによって地球は否《いや》が応でも戦争に突入する。だがこれは何も悪いことばかりではない。少なくとも奇襲を受けることはなかった。

だから最初のうちは互角《ごかく》にやり合えたのだ。そのチャンスを無駄にした自分が言うものでもないが、あの事故は、不幸中の幸いだったのだ。

敵の出鼻《でばな》を挫《くじ》く、一つの手段だった。
「あれ」
そこまで考えてふと疑問に思う。
いやむしろ思い出したというべきだろうか。当時の自分はどうでも良いことだと切って捨ててい
たが、妙に冷静になった今ではあの当時の事故には大きな違和感がある。
「そもそも、事故の原因が判明してない気がする」
ワープ事故と簡単に言ってはいるが、とんでもないことだ。
黄金の時代と呼ばれた地球暦《れき》一〇〇〇年代に開発されたワープ理論は超《ちょう》加速によって光の速度を
超《こ》えて進むものではなく、なんと時空間に強制的な歪《ゆが》みを生じさせ、異空間に突入することで点と
点を結ぶように星々の海を飛び越えるものだった。
ある意味では瞬間《しゅんかん》移動に近いものだが、当然欠点もある。それは明確な座標を入力しなければど
こにワープアウトするのかがわからないということだ。
仮に一〇光年のワープをしたとして、スタートラインからゴールまで【まっすぐ】に直進するわ
けではない。
恒星《こうせい》や空間の重力、磁気、その他の宇宙線などの影響《えいきょう》を受けて、あらぬところに飛ばされる。
これを今の時代では【波にさらわれる】などと揶揄《やゆ》した。
また時空間に無理やり穴をこじ開けるわけなのだから、ワープ開始時点で周囲の環境《かんきょう》に異常が生
じている場合、やはりこれも不安定なワープとなり、下手をすれば異空間の中で、塵になる……な

ども言われている。

その他にもワープアウト地点に障害物があればそれと衝突《しょうとつ》する危険性もあり、もしもそれが巨大《きょだい》な隕石《いんせき》や人口密集地、最悪は恒星やブラックホールだったら……考えうる限りでは最悪の事態になることだろう。

しかし、いくら気を付けてもワープの誤作動による事故は、この宇宙時代においてゼロではない。操作を誤ったり、座標入力が正しくなかったりなど理由は色々あるが、大体はヒューマンエラーだ。

いくら卒業生とはいえ本物の軍艦である。なおかつ手順通りの練習を行う上でミスが起きたとして、そんな大それた長距離ワープを行うだろうか。

普通《ふつう》はあり得ない。そもそも、数百光年のワープなど、この時代では不可能とされている。

だが事実、それは起きてしまった。

「まさか……」

スパイ？

そんなぶっ飛んだ答えがリリアンの脳裏をよぎった。

鼻で笑うような内容だが、あり得なくもない。

なにせ、あのティベリウスに乗艦していた卒業生たちは、今をときめく有力貴族の子供たちが多かった。

「よもや人質《ひとじち》にするつもりだったなんて言わないでしょうね」

冷静に考えれば、いくら素人《しろうと》が運用する戦艦とはいえ一隻相手に敵が取り逃がすなどと言う失態をするだろうか。

今思えば敵の攻撃《こうげき》はそこまで苛烈《かれつ》ではなかったと思う。

だとすれば……

「あれは、こちらを生け捕《ど》りにするつもりだった？」

そんな馬鹿な話があるものか。しかし、もしそれが事実だとすれば。

奇妙な不安を抱《かか》えながらも、リリアンは子供っぽい自分の部屋を出るしかなかった。

どっちにしろ、自分はこれから戦艦に乗り込まなくちゃいけないのだから。

第二章　後悔《こうかい》ばかりの二度目の人生

西暦《せいれき》という時代は二三四八年に終わりを迎《むか》えたと言われている。地球暦はその年を元年とした。またその頃《ころ》から、地球は内戦状態に陥《おちい》り、それは植民地であるコロニー惑星《わくせい》をも巻き込《こ》んだ。

地球も戦争による汚染《おせん》が原因で、人類はテラフォーミングされた火星や月、コロニーを建造、移り住み、地球浄化《じょうか》を待つ間に覇権《はけん》をめぐって争い、戦争が続いた。

そこからの記録は酷《ひど》く曖昧《あいまい》で、一時的に文明が衰退《すいたい》し、惑星間の交流が途絶《とだ》えた時期が千年以上も続いたという学者も少なくはない。

その後、長い年月の間、戦争を続けながらも復興、宇宙技術を取り戻《もど》し、地球は帝国制《ていこく》へと移行した。とにもかくにも指導者が必要であり、皇帝陛下を主とする政治体制となったのだ。

そして、これから栄華《えいが》を極《きわ》めようとした矢先のことである。

地球帝国は、否《いや》、人類は再び危機に瀕《ひん》しようとしていた。

決戦宙域は地球帝国の支配領域M六五六七、コロニー惑星アグリと呼称《こしょう》される資源採掘《さいくつ》用の星を拠点《きょてん》としていた。

惑星アグリを背に、地球帝国の大艦隊《だいかんたい》は全艦種を区別なく合わせれば一五〇〇隻《せき》に及《およ》ぶ。うち主力を務める戦艦クラスは一二〇隻、空母六隻、巡洋艦《じゅんようかん》二〇九隻、残りを駆逐艦《くちくかん》といった布陣《ふじん》である。

当然これは全艦艇《ぜんかんてい》ではない。動員できる中で性能に優《すぐ》れたモノを並べたものである。また艦載機《かんさいき》の数はおよそ三〇〇〇を超《こ》える。

まさしく圧巻、まさしく威容《いよう》、まさしく最強にて無敵の艦隊であると誰《だれ》もが信じて疑わない。

その艦隊の右翼《うよく》部隊の一角に小規模艦隊が存在する。

若い、二十二になったばかりの女艦長が指揮を執《と》っていた。

「ぜ、全艦、砲撃《ほうげき》開始！　砲艦、ミサイル艦も前に出なさい！」

号令と共に所属艦艇全《すべ》てから重粒子《じゅうりゅうし》の光が迸《ほとばし》る。

誰かが撃《う》てば、それにつられて誰かも撃つ。なおかつ艦長による号令なのだから逆らうこともない。

そんな統率《とうそつ》もなにもない動きにつられて、他の艦隊も攻撃《こうげき》を始めた。

我先にと、意味のない前進をしながら。

それはどうみても新兵の動きだった。

「前進！　前進よ！　我《わ》が艦隊が一番槍《やり》を頂くのよ！」

数百の閃光《せんこう》は暗い宇宙空間の先に居座《いすわ》る鈍色《にびいろ》の円形の艦隊へと直撃をするも、距離減衰《きょりげんすい》による粒子拡散の影響《えいきょう》で、たやすくシールドによって霧散《むさん》することとなる。

しかし、ごくまれに減衰を免《まぬが》れた粒子砲や連続直撃を受け、シールドを突破《とっぱ》するものもある。不運に見舞《みま》われた敵艦隊のうちたかだか数隻が撃沈《げきちん》されたことで、若き艦長はひきつった笑《え》みを浮《う》かべていた。

「い、いけるじゃない！　データは正確よ、馬頭星雲《ばとうせいうん》艦隊の防御力《ぼうぎょりょく》は大したものじゃないわ！　全艦、順次宇宙魚雷射出《ぎょらいしゃしゅつ》！　同時に前進、重粒子で焼き尽《つ》くしてやるのよ！」

敵はこちらの猛攻《もうこう》に恐《おそ》れをなしている。

まともな反撃も来ない。当然だ。先手を取った。奇襲《きしゅう》だ。地球帝国の艦の防御力は随一《ずいいち》なのだ。

敵艦隊の細々とした重粒子など悉《ことごと》くはじき返してやるのだ。

そして返礼に大火力を叩《たた》きこみ、敵の陣形の一角を崩《くず》して、斬《き》りこめばあとは地球帝国の勝ちだ！

「いけ！　いけ！　前に出て撃ちまくれ！」

誰もがその声に従った。

止めるものなどいない。いや、あったのかもしれない。だがそんな声が彼女《かのじょ》に、否、若い兵士たちに聞こえるはずもなかった。

敵を撃滅《げきめつ》するという悪酒に酔《よ》いしれ、自分たちについてくる艦隊がどうなっているかなど、考慮《こうりょ》もしていなかった。

それは慢性《まんせい》的な人材不足を抱《かか》える地球帝国の最大の弱点とも言えた。

およそ戦争行為《こうい》というものを長く行っていなかった故《ゆえ》の弊害《へいがい》でもある。いくら小規模な反抗《はんこう》勢力を相手にしたとて、戦場の空気と同じではない。

だから、敵の反撃を受ける。

突出した艦隊ではなく、後ろで右往左往する、優柔不断《ゆうじゅうふだん》な動きを見せた羊に狼《おおかみ》たちは飛び掛《か》かったのだ。

故にそれは一瞬《いっしゅん》のことだった。

「へぇ……？」

女艦長は間抜《まぬ》けな声を上げた。

自分の指揮下にいる艦はほぼ無傷だ。しかし、自分たちの遥《はる》か後方で起きた爆発《ばくはつ》の余波が届いた時、彼女は艦橋ディスプレイに映し出された光景が信じられなかった。

そこには、壊滅《かいめつ》状態となった地球艦隊の姿があったからだ。

突出した女艦長の艦隊【リリアン艦隊】への誤射を恐れた友軍、前に出たはいいがそれが命令にないことだとわかり立ち止まった友軍、何が起きたのかを理解できずただ茫然《ぼうぜん》とその場を漂《ただよ》うだけの友軍。

それは本来であればありえない、あってはいけない行動である。

しかし、彼《かれ》らの多くは、たった数年程度の経験しかない兵士たちである。そこに年齢《ねんれい》は関係ない。

たとえ、三十であろうと、四十であろうと、戦争の経験がないのだ。

そこに向けて敵艦隊は総攻撃を仕掛けたのだろうか。

ものの数秒で無敵の帝国艦隊は壊滅した。

餌食《えじき》になったのはそういった、中途半端《ちゅうとはんぱ》に前に出てしまった友軍艦隊たち。不運なことに、勇ましくも、無謀《むぼう》にも、救援《きゅうえん》へと向かおうとして、その誘爆《ゆうばく》に巻き込まれる艦隊もいた。

この時点で、地球艦隊の右翼は消失した。

「え、ちょっと……なんでよ」

リリアン艦長の戦艦を無視するように敵円形艦隊が前進する。

そして。

＊＊＊

「……嫌味《いやみ》な夢ね」

冷や汗《あせ》も、悲鳴も、何もなくリリアンは目覚めた。

場所は、【戦艦ティベリウス】の左舷《さげん》展望デッキ。

「昔のことを考えたせいかしら。しかも、何も思い浮かばないまま、ここまで来てしまった」

嫌な夢を見たのは過去のことを思い出したからだ。しかも、そのせいで脳裏《のうり》によぎった疑念、疑問への答えを得られぬまま、リリアンは過保護な両親やうわべだけの笑顔を見せる使用人たちに見送られて、学園へと送り込まれる。

学園とは言うが殆《ほとん》どは軍事基地に近い存在であり、在籍《ざいせき》するのも軍関係の親類が多い。いわゆる平民と呼ばれる一般《いっぱん》階層の生徒も多くいるが、その殆どは整備科や海兵隊、歩兵のコースに在籍している。

一方のリリアンたちは当然ながらエリートコース。多くは指揮官、提督《ていとく》候補という扱《あつか》いで、他にも戦闘機《せんとうき》パイロットや通信や砲兵などもこの部類に入る。

そんな軍人を育て上げる母校の名は暁《あかつき》の焔《ほむら》学園。

なんともふざけた名前だが、これで地球帝国公認の学校なのだから、地球の貴族趣味《しゅみ》も極まったと言える。

　果てはろくに実戦経験もない癖《くせ》に、艦隊司令（辺境のお飾《かざ》りであることはバレバレだった）をやっていたことが自慢《じまん》で、天下りで校長になった男のどうでもいい言葉から始まり、卒業を迎えた生徒たちはそれぞれのグループに分けられ、学園に併設《へいせつ》された超巨大《ちょうきょだい》な地下ドックへとぞろぞろと移動し、各々《おのおの》が乗り込む戦艦へと向かう。

　この地下を作る為《ため》に恐ろしい程《ほど》の環境《かんきょう》破壊《はかい》があったらしい。

　学園が設立された三百年前には相当な反対運動がおこったとも聞く。

　地球暦四〇〇〇年代において、宇宙船のドックを開発するのは事業団体の主な仕事となり、帝国としても止める必要がないようで、今もどこかの土地を掘《ほ》っては基地などを建設していることだろう。

　そんな地下ドックから雄々《おお》しく飛び立つ四隻の戦艦。

　ティベリウスを含《ふく》めた卒業試験に挑《いど》む艦はどれも同じ形をしており、艦橋などが揃《そろ》う上部、生活スペースが集中する中部、格納庫などが存在する下部の三つの構造に分かれている。また宇宙空間で使用する前提の為か、上部下部どちらにも主砲や魚雷発射管、迎撃《げいげき》用の機銃《きじゅう》などが設置されていた。

　駆逐艦や空母などになるとこれらの配置も換《か》わるが、こと巡洋艦や戦艦クラスになるとこの構造が基本となる。

　在学生や教師、その他見送りの家族や野次馬《やじうま》の帝国市民たちがそれを見送る。

「のんきなものよねぇ。昼寝《ひるね》をしていた私が言うのもなんだけど」

卒業を控《ひか》えた生徒には必ず贈られる士官服を身にまとったリリアンは半ば茫然としつつ、展望デッキからそれを見下ろしていた。

この後、宇宙戦争が始まるなど、誰も知る由《よし》もないのだから仕方ないことではあるのだが。

「今も昔も、私は他人《ひと》のことは言えないか。かつては試験のことなんて何も考えずに、お茶会をしていたのだから」

前世では取り巻きと言うべき同級生の少女たちと優雅《ゆうが》に、のんきにお茶会をしていたが、今の自分はそんな気分にもなれなかったので、丁重《ていちょう》にお断りをして、この人気のない展望デッキに逃《に》げ込んで、うたた寝をしてしまったらしい。

「そういえば……あの子たちも戦争で死ぬのよね」

正直なことを言えば、ろくに顔を覚えていないどこかの軍関係者のご令嬢《れいじょう》たち。

大半が司令部や基地での勤務、それも後方の安全地帯だったはずだが、戦況《せんきょう》が劣勢《れっせい》に傾《かたむ》くと通信士やレーダー観測員すらも貴重となり、その資格があるものはほぼ無理やり前線へと送り込まれた。

当然、原因となったのはもちろん自分だ。決戦で主力艦隊及び有望な将兵が軒並《のきな》み死んだのだから、使えない者たちでも戦場に送る羽目になる。

それで実戦経験もない素人《しろうと》同然の兵士が戦場で無駄死《むだじ》にをする。

その結果、未来の帝国軍は無人機が主流となった。

そう考えると少しぐらいは申し訳ない気持ちにもなるのだ。

「嫌な思い出しかないわね」

ため息をつきながら、リリアンは遠ざかる懐《なつ》かしき母校を眺《なが》める。

そもそも軍人を育てるという名目にしては、はっきりと言ってまともな環境とは言い難《がた》い。指揮官であろうがなかろうが軍人ともなれば体力作りは必須《ひっす》ともいえるし、ほぼ全般の教育を行う必要がある。

当然専門分野などはあるが、それでもだ。

だが現状の地球帝国は平和ボケが続いたことも相まってか、ただの学校と軍学校の境が曖昧になってしまっていた。

有力な貴族の子息、令嬢の大半は辛《つら》いだけの体力作りなどまともにはしなかった。

座学に関してはさておいても頭でっかちな理論家だけが生まれる原因となる。

拡大した領地を支える為の兵士の数を補いたいだけというのは見え透《す》いているのだが、これに対して多くの国民は疑問にすら思っていない。

中には鋭《するど》く指摘《してき》をする者もいたようだが……。

「そう言った意味では、うちの実家は真面目《まじめ》だったわね」

腐《くさ》っても実家は軍人の家系だ。それに貴族と言っても、のほほんと遊んでばかりではない。お稽《けい》古事《こごと》と称《しょう》してバレエや乗馬、テニスなどの運動はさせられるし、社交界においても必要以上に体力をつける必要もある。

なので、リリアンも若い頃は体力に悩《なや》むということだけはなかった。

だが、今はそんなノスタルジーに浸《ひた》っている場合ではなかった。

あと六時間もしないうちに自分たちの乗るティベリウスはワープ事故を起こしてオリオン座方面へと消えていく。

そこからは約二か月近い漂流《ひょうりゅう》を経て、奇跡《きせき》の生還《せいかん》を果たすという大事件が待ち構えている。

「このまま流れに身を任せれば、少なくとも私たちは生還できるはずなのだけど」

月面基地に移動して演習が始まる。

もう本来であれば、割り当てられた士官部屋に戻って準備をしなければいけないのだが、腐っても中身は従軍六十余年のベテランであるリリアン。

無意識というべきか、気が付けば必要な準備は全て終えていた。

準備と言っても大したものはない。艦長候補の生徒は順次、艦の指揮をしてぐるぐると月の周囲を回る。敵艦を模したデコイと疑似《ぎじ》的な艦隊戦を行って、実際に指揮を執るなどして適性を見極め、配属先を決めるといった具合である。

また艦長候補は部下役も代わる。その為、配備される人員のデータを手持ちのタブレット端末《たんまつ》で確認《かくにん》、配置を行う必要があった。

リリアンはそんなものは既《すで》に完了《かんりょう》していた。過去に行ったことだし、さらに言えばどうせこの組み合わせで演習を行う前にティベリウスはワープするのだから。

「いえ、あえて事故を未然に防いでみる？」

ふと思いついた考えを口にしてみてから、リリアンは苦笑《くしょう》しながら却下《きゃっか》した。

「まぁ不可能な話よ。原因も不明、そもそもスパイが本当にいるのかすら確証もない」

ワープ制御は艦橋ないしは機関室、電算室などが連携《れんけい》して行うものだ。

このうちのどこかで何かがあったのかもしれないが、今からそれを探すとしても、原因自体が不明では手がかりもない。

それに怪《あや》しい人物や場所を今から片《かた》っ端《ぱし》から調べたとして、自分は探偵《たんてい》ではないのだ。しらを切られればそれまでの話である。

それにこの事故自体が起きなければ、馬頭星雲の敵の存在も認知されない。

つまりは、事故を防いではならないのだ。

「さて……そうなると、暇《ひま》であることに変わりはないか……」

こんなことなら、お茶会に参加してあげてもよかったかもしれないと考えた、その時だった。

シューン、と自動ドアが開く音、二人分の足音も聞こえた。

何気なくリリアンはそっちの方を見る。展望デッキにはリリアンしかいなかった為、かなり静かであった。また同時に観葉植物や自動販売機《じどうはんばいき》などが重なり、音のした出入り口から死角となり、誰がやってきたのかは見えない状態である。

「あ、あの！」

声の一つは少女のものだ。

「あの！　ヴェルトールさん、あ、いえ、様！」

「おや？　君は……」

対するもう一人は少年。

そしてリリアンはこの二人の声を知っている。忘れるはずもない。

「あぁ、そうだ。ステラ、とか言ったかな」

「は、はい！　ステラ・ドリアードと申します！」

（ステラ……それに、ヴェルトール？　まさか）

物陰《ものかげ》に隠《かく》れるように覗《のぞ》き見ると、そこにはリリアンにとっても思い出深い二人がいた。

かつての初恋《はつこい》の人、ヴェルトール・ガンデマン。

そして、未来の天才総司令官、ステラ・ドリアード。


別に隠れる必要はないが、なぜかそんな形になってしまったリリアン。

それに何となくだが邪魔《じやま》をしてはいけない雰囲気《ふんいき》を感じ取ってしまい、また同時に二人がどういう関係なのかも少し気になって、結果として覗き見る形となった。

自分でも趣味が悪いとは思う。

「あの、先日はその……」

いじらしい仕草で、若干《じやつかん》俯《うつむ》き加減の少女ステラ。ボブカットの黒髪《くろかみ》、しかし少々前髪だけが垂れ下がり、目元が時折隠れることもあるが、くりくりと大きな目をしていたのがリリアンの記憶《きおく》にも残っている。

その目が酷《ひど》く淀《よど》んで精気のないものと変わり果てる未来も知っている。

整備科に支給される専用のツナギを身にまとったステラはとてもではないが、未来の総司令官、元《げん》帥《すい》閣下には見えない。

それは目の前で応対するヴェルトールとて同じだろうし、彼女の同級生全員、もっと言えば帝国市民の誰も、そして当人すらも信じないだろう。

だがリリアンは彼女の才能を知っている。どこかとぼけたどんくさい少女だと言うのに、戦闘が始まった瞬間、彼女の頭の中は一体どんなものが駆《か》け巡《めぐ》っているのか。

まるで相手の動きを先読みしているかのように、予言しているかのように、的確に対応する。

「あぁ、ゲームセンターでのことかい？　あれは内緒《ないしょ》にしてくれているようだね。あれはデランたちに付き合わされてね。しかし、まさかコテンパンにやられるとは思わなかったよ」

そんなステラに優《やさ》しく微笑《ほほえ》む金髪《きんぱつ》の少年。本当に同い年の十八歳《さい》なのかと疑いたくなるほどに大人びた風貌《ふうぼう》であり、支給された士官用の制服を身にまとった姿はいっぱしの軍人、それも上級士官に見えなくもない。

そんな彼も、前世界においては盟友と呼べる仲間たちと共に決戦に挑んだ。

結果は彼らの才能の全てを無駄にする程の大バカ者（リリアン）のせいで壊滅、戦死を遂《と》げるのだが。

「あ、あれはその……ヴェルトール様も手加減なさっていたと思いますし……そ、それよりも助けて頂いたお礼も言えずに……あまつさえその……ゲームとはいえ」

「気にしないでくれ。帝国市民にあのような悪漢がいたとは、なんとも嘆《なげ》かわしい。あまつさえレディに手を上げるとはね」

何やら和《なご》やかな……それ以上の空気を感じる。

（思えばあの二人は妙《みよう》に仲が良かった。ヴェルトールだけじゃなくて、他の提督候補のお坊《ぼっ》ちゃまたちとも。あの二人の間で何があったのだ。すごく気になる。子供や孫の恋愛《れんあい》事情が気になるってこういうことなのかしら）

前世のリリアンはそのヴェルトールに一方的に惚《ほ》れ込んでおり、そんな彼と親しいステラに一方的な嫉妬《しっと》を向けていたという恥《は》ずかしい過去もある。

しかもステラはヴェルトールだけではなく、彼と同じく将来を期待された若き提督候補たちとも仲が良かった。

そんな彼らは【若き帝国の獅子《しし》】とか呼ばれていたっけか。

今現在は全くと言っていいほどに興味がなく、どちらかと言えば二人の関係性がどうなっているのかをもっと知りたいという俗《ぞく》な考えがあった。

（まさか付き合っていた？）

そんな噂《うわさ》はついぞ聞いたことはないが、どうやらステラとヴェルトールはどこかで交流があったようだ。

それに会話の雰囲気も中々良いものと感じる。

それと同時に、リリアンはまたも申し訳なさを感じていた。

（そりゃあ……ステラも私を軽蔑《けいべつ》するわけだ。きっと、初恋……いえ、恋人だったのかもしれない。

それを奪《うば》ったのは私、彼女の青春を根こそぎ……）

そう思うとこの話を聞く権利など自分にはない。

リリアンは頭を振《ふ》って、その場を立ち去ろうとする。

だがちょうど、戦艦内にブザーが響《ひび》く。これは危険を知らせる警報ではなく、艦が地球を離脱《りだつ》するという報告を兼《か》ねたものであり、地球の重力圏《じゅうりょくけん》を離脱するというアナウンスも同時に流れた。

それに合わせて展望デッキの隔壁《かくへき》が降ろされる。わずかな振動《しんどう》と共に艦内環境を整える為の人工重力などが発生した。

その振動に抗《あがら》えず、リリアンは観葉植物の陰からつい身を乗り出してしまう。

それは当然、青春の真っただ中にいる若い男女の間に割って入るということだった。

「あ……」

リリアンは思った。

もしかして、私って相当間が悪い女じゃないかしら？

「お前は……」

突然の闖入《ちんにゅう》者に対してヴェルトールの声は冷たかった。

ステラに向けていた優しさは消え失《う》せている。

それは仕方がないことかもしれない。リリアンも、今になってわかることだが、ヴェルトールからすれば家柄《いえがら》や親の地位に胡座《あぐら》をかいて偉《えら》そうにしているだけで、ろくに努力もしていないかつてのリリアンのような存在は侮蔑《ぶべつ》に値《あたい》する存在だっただろう。

（そもそも、父の評判も良くなかったし。今の帝国軍に不満を抱《いだ》いているヴェルトールからすれば、私は堕落《だらく》の象徴《しょうちょう》だから仕方ないけど）

事実、リリアンの父は軍の参謀《さんぼう》総長であり、中将である。生粋《きっすい》の権力者の娘《むすめ》であり、好き勝手我儘《わがまま》し放題だったのもまた事実だ。

ヴェルトールの家系も優秀《ゆうしゅう》な軍人、名艦長、名提督を生み出してきたが、実戦派であり、家訓としても上に立つ者はそれ相応《そうおう》の実績を見せるべきであるという信念を持つ。

ノブレスオブリージュというべきか。

確かにその思想は気高く、誇《ほこ》り高いものだと思うし、この少年ならば確かにそれを体現できるだろうと思う。

「確か、ルゾール中将の」

同時にそのどこかぶっきらぼうな態度が学園で見せる彼の姿であることをリリアンは知っている。近寄りがたい雰囲気を醸《かも》し出し、常に冷静沈着な美男子。文句の付け所がない家柄で、本人の才能も高く、文武両道は当然として、学園内での時折行われるシミュレーションによる疑似艦隊戦においては戦術、戦略ともに彼の右に出る者はいない。本職の軍人すらも唸《うな》る程というどこへ出しても恥ずかしくない完璧《かんぺき》な存在だ。

「趣味が悪いな」

ヴェルトールは目を細めて、多少の怒気《どき》をにじませながら言った。

だが、対面するリリアンも見た目はさておき、中身は七十九という人生を刻んだ老獪《ろうかい》である。

年の功というべきか、それとも単に憧《あこが》れというフィルターが外れているせいなのかはわからないが、ヴェルトールの冷たい声音《こわね》は冷静さというよりは逢瀬《おうせ》の邪魔をされたことが気に食わない、どこにでもいる少年のようだと感じていた。

「なぜここにいる」

「ごめんなさい」

かつての自分であれば舞《ま》い上がってしどろもどろに。ついでに憧れる男性の近くにいる泥棒猫《どろぼうねこ》のような小娘《こむすめ》に敵意を向けていたことだろうが、今は違《ちが》う。

だからこうして素直《すなお》に頭を下げられる。

「盗《ぬす》み見するつもりはなかったの。私の名誉《めいよ》の為に言っておくけど、この展望デッキにはあなたたちよりも先にいたわ。そっちの子もごめんなさいね。邪魔をしたようで」

「むっ……」

なのでこうして素直に謝《あやま》ると、相手も矛《ほこ》を収めるしかない。

それに、ヴェルトールは先ほどステラに言った言葉を思い出し、リリアンに対する態度が良くないものだと気が付いたようだった。

「いや、こちらも謝罪しよう。言い過ぎた」

「いいえ、構いません。結果的に、失礼なことをやったのは事実ですから」

実際、盗み聞きしようとしたことは本当である。

「それでは失礼致《いた》します。ご安心を、誰にも言いませんわ」

軽く会釈《えしゃく》をしてあとはその場を立ち去るのみ。

だったのだが、リリアンを引き留める声が響く。

「あ、あの！　違うんです、これは！」

それはステラであった。

「と、友達《ともだち》とゲームセンターで遊んでいまして！　その、私、シミュレーションゲームが好きで、戦艦とか……船とか、好きで、それで遊んでいたら柄の悪い人に絡《から》まれてしまって、その時にヴェルトールさん……ガンデマン様に助けられて、お礼も言えずに、ゲームで遊んで調子に乗ってしまって！」

唐突《とうとつ》に、二人の関係性の始まりの一部始終が判明してしまった。

ステラは何やらいっぱいいっぱいな様子で、とにかく誤解を解かねばという感じだった。そのステラの後ろではヴェルトールがやれやれと言った具合に、こめかみを押《お》さえている。

当のステラは恐らく自分が何を言っているのかは理解していないのだろう。

リリアンとしても少し呆然《ぼうぜん》とするわけだ。

（この子……変なところではどんくさいというかなんというか）

天才的な戦術、戦略眼を見せる反面、普段《ふだん》のステラはどちらかと言えば要領の悪い少女だった記憶がある。口下手な部分もあったし、かつてのリリアンはそんなステラの態度が気に入らなかったというのもある。

なぜこんなどんくさい女の言葉をみんなが受け入れて、提督候補の少年たちが可愛《かわい》がるのか、それが本当に理解できていなかったのだ。

しかし、六十年という月日はリリアンの精神を多少は成長させる。

「そう。素敵《すてき》な出会いね」

そうやって聞き流すぐらいはできるようになったのだ。

（そんな素敵な出会いを台無しにしたのは、私というわけだ）

しかし、安心してほしい。

今度はあなたからは何も奪わない。

なぜなら私はもう、出しゃばらないと決めたから。

あなたの才能をいかんなく発揮させ、この戦争をより良い方向に導いてもらう。

少なくとも、艦隊全滅という憂《う》き目にあうことはないだろう。

若い二人（と言っても今は自分も同い年だが）の逢瀬をこれ以上、邪魔するわけにもいかず、リリアンはそそくさと展望デッキを後にする。

（さて、出しゃばらないとは言ったものの、結局このままだと私はどこかの艦隊に取り敢《あ》えず配属されるわけなのだが）

余計なことをしないと誓《ちか》ったところで、腐っても軍人の家系であるリリアンという個人は既に親の敷《し》いたレールに乗っかってしまい、比較的《ひかくてき》安全なパトロール艦隊へと配属が決まっていた。

そこで、一応は真面目に軍人勤務を行ってはいた。

本当に、それなりに、そこそこの結果を出して、艦隊運用もまぁまぁ及第点《きゅうだいてん》ということで結果的に人材不足にあえぐ地球帝国軍の穴埋《あなう》め要員としてろくな功績も上げていないのに、戦艦級の艦長に就任するのだから、色々と終わっている。

「……ん、ちょっと待てよ」

自分は今、とても大切なことを思い出したのではないだろうか。

リリアンは艦内通路のど真ん中で立ち止まり、冷静になってもう一度状況を整理した。

無能な自分は後ろに下がり、未来の元帥閣下に全てをお任せする。

それは良い。リリアンの中では決定事項《じこう》だ。

だが、ステラを祭り上げるのと、そもそも地球帝国軍の人材の質が低いという問題はまた別の話だ。

「あの戦場でまともに戦場に出たことがある兵士が何人いたんだ。いや……まともな訓練を受けた奴《やつ》は何人だ?」

前世における地球帝国艦隊壊滅の原因は自分だ。それはもう文句のつけようがないぐらいに真実だ。

しかし、問題はそれだけではない。あんな馬鹿《ばか》な自分の行動にホイホイと従う奴もいれば、それに付き合う奴も多かった。

決戦は四年後。その時間があれば新兵もいっぱしの軍人になる、などというのは幻想《げんそう》だ。実際は前線に赴《おもむ》くものとそうでないものの差が広がり、安全な後方で主力艦隊からはぐれた敵の掃討《そうとう》をするだけで、戦争の才能が開花したと勘違《かんちが》いした愚《おろ》か者が多かった。

「それでも、実戦経験を持つ軍人だっていたはずだ。それなのに……比率の問題？」

確かに、長く軍人を続けている経験豊富な兵士もいた。反抗勢力や宇宙海賊《かいぞく》の討伐《とうばつ》を率先して行った者たちは正しい意味でのベテランと言えただろうし、軍事訓練だって行われている。

なおかつあの艦隊には将来を有望視され、才能に溢《あふ》れていた【若き帝国の獅子】と呼ばれる面々もいた。

だがそれ以上に無能が多かったということの方が大きい。

兵士の質は考えず、ただ数だけを求めた今の帝国府の政策の欠点だ。

確かに数は補えた。少なくとも艦隊をただ【動かす】だけの連中は揃った。

だが、【艦隊行動】をとれる程の練度はなかったのだ。

「不味《まず》いわね。断言してもいい。たとえあの場に私がいなくても、似たようなことをする奴は……いる！」

いくら優秀な人材がそこそこいても、それ以外はそれ以下なのだ。

散発的に、偶発《ぐうはつ》的に起きる戦闘に対してはある程度対処出来ても決戦という大艦隊での動きに慣れているものは少なかった。

七十九歳の頭の中では一つの結論が導き出されようとしていた。

「もしかして、私のような愚か者を再教育しないと天才軍師の足を引っ張るんじゃないかしら⁉」

どうあがいても天才の数よりも凡人《ぼんじん》の方が多い。

なおかつ地球帝国の現状は停滞《ていたい》ないしは衰退の影《かげ》すら見え隠れする。

この【ティベリウス事件】など、まだ些細《ささい》な問題だ。

自分が余計なことをしたとしても全員生存して地球に戻ることが出来た。

むしろそのあとのことが分水嶺《ぶんすいれい》だったのだ。地球に戻った後の選択肢《せんたくし》。滅《ほろ》びるか、再起するか。

そして、自分は見事に滅びの選択肢を取った。

「冗談《じょうだん》じゃない。いくらあの子に全てを任せたとて、似たような失敗が起きたら結局戦場に駆り出されるじゃないか。いやもっと悪いことになるかもしれない」

結果論ではあるが、前世の決戦でステラを後方に飛ばしたからこそ、彼女は生き残り、その後六十年もの間、地球を支えた。

だが決戦においてステラを駆り出しても、彼女のその才能を引き出す程の状況を作れるのか。

「待て待て待て……そもそもステラが【総司令官】にならなきゃ天才的な戦術とやらも披露《ひろう》できないじゃないか。なんて馬鹿なんだ私は！　兵士の質！　ステラの指揮官就任！　待てよ、それってつまり帝国軍の改革をしないと話が始まらないんじゃないの？」

前世での決戦時の総司令官は、地球圏艦隊の長官兼《けん》総司令官の男だったはずだ。

確か名前は……

「アルフレッド・ケイリーナッハ大将」

付け加えると、父であるピニャール・ルゾールはその男の部下であり、参謀総長。

が、揃いも揃って有能とは言い難い。今現在の帝国軍の上層部の殆どは軍功よりも政治力でのし上がったものたちだ。

確かに反抗勢力に対する軍事活動はある。だがそれは植民地惑星などの話だ。地球圏内は安全が確保されている。その点だけは評価しても良いだろう。

同時にそんな安寧《あんねい》が堕落を生み、父のような実績はないが、うまいこと取り入る政治家もどきが権力を握《にぎ》って、自分のような無能が艦隊で右翼部隊を任され、権力を持たないステラを後方に飛ばすことも出来た。

帝国府の殆どは権力にしがみついた老獪なものたちの集まりだ。

つまりは抜本《ばっぽん》的な改革が必要となる。

「頭が痛くなってきた……問題山積みじゃないか」

帝国の内情がガタガタであったことは知っていた。

しかもそれは思っていた以上の問題だったようだ。

今の自分では権力も発言力も実績も、あらゆるものが足りない。それは自分だけではない、ステラもそうであるし、ヴェルトールとてそうだ。

現状では解決策がない。何をやろうにも今の自分たちはあらゆる面で力がない子供なのだ。

「ンギギギ……！」

歯ぎしりをするなど、久しぶりかもしれない。

リリアンはそこが一般通路であることなど忘れて、大いに悩んでいた。

権力、権力、権力。自分の我儘を行使する為だけにすり寄っていた父の権力が、今ではとてつもなく大きく、恐ろしい壁《かべ》に見えていた。

「あのぅ、大丈夫《だいじょうぶ》ですか？」

一般通路なのだから通行人がいて当然だ。

「え、あぁ、ごめんなさい。大丈夫よ」

声をかけられハッとなる。

顔を向けると、医療品《いりょうひん》を浮遊《ふゆう》トレーで運ぶ衛生兵用の白い制服を着た少女がいた。まっさらな長い髪、この時代において髪の色は結構自由だった。白だろうが黒だろうが、赤だろうが、あまり気にされない。

目の前にいる衛生兵の少女はまさしく白一色の、はかなげなものを感じた。

「顔色も悪いですけど……？」

少女は浮遊トレーから錠剤《じょうざい》入りの箱を取ると、中身を取り出す。

ホバークラフトの要領で滑《なめ》らかに動く浮遊トレーは安定性も高く、仮に戦闘などで艦内が激しく揺《ゆ》れても影響を受けない。

「どうぞ、栄養サプリです。ビタミンB剤。チョコレート味とミント味がありますけど」

「えっと……チョコで……ところで、貰《もら》ってもいいの？」

受け取りつつ、リリアンは首を傾《かし》げた。

「宇宙酔いしている子が多いみたいで、医務科がこうやって診《み》て回っているんです。大丈夫ですよ、ちゃんと許可も下りてます。ただ渡《わた》せない薬もあるので、そういう時は医務室に来てくださいね」

少女はにっこりと笑みを浮かべてくれた。

（何よ、可愛いじゃない）

女の自分でもちょっとくらっと来る美貌だ。

（はて……どこかで見た顔……）

それもつい最近。リリアンがそんなことを考えている間に少女は会釈をして去っていく。

彼女の背中を見送りながら、リリアンはチョコ味のサプリを口に放《ほう》り込む。

「あ、名前聞けば思い出せたか……」

ただのサプリなので即効性《そっこうせい》はないが、チョコの味でちょっとだけ気分が落ち着く。

今乗り越《こ》えるべき問題はティベリウスのワープ事故なのだ。

それ以降の問題はあまりにも桁《けた》が違いすぎる。混乱している自分ではまともな結論は出せないだろう。

「……気分転換《てんかん》が必要だわ」

軽いため息で憂鬱《ゆううつ》を吐《は》き出す。

「今は紅茶を飲むような気分でもないし」

リリアンは足早に先ほどの少女の後を追った。

「もし、手伝うわ」

「え？」

声をかけられるとは思っていなかったのだろうか、真っ白な少女は肩《かた》を震《ふる》わせておっかなびっくりな顔で振り向いた。

「ええと、士官コースの方ですよね？」

「そうよ。士官候補だし、提督候補なの。部下役の様子を見るのも仕事でしょう？」

「あぁ……でも、タブレットのデータでは」

「直接見ないとわからないことってあるでしょ。それに確か……あぁあった。あなた、私の班じゃない。そういえばどこかで見たことがあると思ったのよ」

タブレット端末の乗員名簿《めいぼ》を確認すると、試験の部下役の一人にその少女の顔写真があった。

「えーと名前が、フリム・結城《ゆうき》……へぇ、日系人なの」

「ええ、まぁ」

その返答には少し間があったが、この時代ではハーフやクォーターは珍《めずら》しくないどころか、もはや人種、民族自体がごちゃまぜになっているのが普通であった。

「ふぅん。まぁよろしく」

なのでリリアンは気にした様子もなく受け流し、自分も挨拶《あいさつ》を返した。

「私はリリアン・ルゾール。悪名高いルゾール参謀総長の娘よ」

「悪名って……それに貴族の方じゃないですか。お手伝いだなんて」

「暇なのよ。それに部下役からは良い顔で見られたいでしょ」

「あぁ……はい、わかりました。それじゃあ……」

部下の顔。もっと言えば、前世で自分のせいで命を落としたものたちの素顔を見ておきたい。

そんな考えもあり、リリアンはフリムの仕事を手伝おうと、ただ何となくそう思ったのだ。

第三章　決闘《けっとう》！　帝国若獅子艦隊《ていこくわかじしかんたい》！

レクリエーションルームのシミュレーションエリア。

そこで人一人が入り込《こ》める小型のポッドが四つ稼働《かどう》していた。

（なんでこんなことになってるの？）

リリアンはその内の一つの中にいた。

いかにもゲームらしいグラフィックで表現されたチープな艦隊がずらりと並んでおり、青いラインが入っているのが自軍であり、二つの小規模艦隊で構成されている。

それらの映像はエリア一帯のモニターに映し出されており、周囲の者たちも観戦することができた。

チープなグラフィックとはいえ、無数の艦艇《かんてい》がずらりと並んでいれば、それなりには迫力《はくりょく》が出る。

しかも、派手な効果音で観客たちの臨場感を煽《あお》るという仕組みで、やはりそれはゲームでしかなかった。

艦種は空母が各々《おのおの》で一隻《せき》、それ以外は戦艦が三隻、巡洋艦《じゅんようかん》が一〇隻、駆逐艦《くちくかん》が二五隻。

相対するのは赤いラインの入った艦隊。こちらと同じく二つの艦隊で構成され、艦の総数は同じだが、空母が三隻入る代わりに駆逐艦の数がその分ひかれていた。

シミュレーターによる模擬《もぎ》戦故《ゆえ》に、敵艦隊との相対距離《きょり》は実戦と比べれば遥《はる》かに近い。

接敵も実戦なら早くて一時間はかかるものだ。

「勝ちましょう、リリアンさん！　あの人たちをぎゃふんと言わせてやるんです！」

隣《となり》のポッドにいるステラは、通信画面越《ご》しでもわかるぐらいに興奮していた。

「え、えぇ……そうね……そう……」

ちょっと鼻息の荒《あら》いステラがやる気に満ちた表情で敵艦隊を睨《にら》んでいた。

そう、リリアンは今、どういうわけかステラと艦隊を組んで模擬戦をしようというのだ。

その相手は……

『へへへ、ステラ、今度はリベンジさせてもらうからな。おい、アレス！　足ひっぱんなよ、お前んとこの艦隊は鈍足《どんそく》なんだからな』

『ほざけ。吹《ふ》けば飛ぶ紙屑《かみくず》のような貴様の艦載機《かんさいき》とは違《ちが》う。せいぜい機銃《きじゅう》の餌《えさ》にならんことだな』

帝国の若き獅子に数えられる二人の提督《ていとく》候補である。

当然、エリート。そして二人とも天才である。

本当に、なぜかこのメンバーで模擬戦をすることになってしまった。

なぜ、こんなことになったのかというと。

＊＊＊

数分前。

「風邪《かぜ》薬《ぐすり》だけでこんなにも種類があるものなの？」

「そうですよ。風邪と言っても種類が違いますから。帝国軍ってひとまとめに言っていますけど、人種としては多国籍《たこくせき》じゃないですか」

「あぁ……地域によって患《わずら》う風邪が違うって話？」

「はい。あちらはこちらの薬、そちらはむこうの薬……なんて具合で調べてから処方するんです」

フリムを手伝い始めて一時間程《ほど》が経《た》つというものの、リリアンは何となく手持ち無沙汰《ぶさた》となり、手よりも口を動かしていた。

実際、リリアンにはどの錠剤《じょうざい》がどのような効能を持っているのかもわからないし、やることが全くない。ただ意味もなくフリムの後ろをついて回るだけだ。

しかしそれはそれでどうなのかと思い、こうして薬の種類について色々と聞いて回っていたのだ。

中身は七十九歳《さい》。人生経験はそこそこあるが、こうして得ることはなかった知識というものも多い。

薬なんて処方されたものを適当に飲んでおけばいいと思っていた。

「ですが、緊急《きんきゅう》の時はとにかく鎮静剤《ちんせいざい》アンプルをこう、ぶすっとします。授業でしか聞いたことはありませんが、腕《うで》や足が吹き飛んでる人でも大人しくなるようです」

フリムははかなげな顔をしているのに、物騒《ぶっそう》なことを淡々《たんたん》と口にしていた。

鎮静剤アンプルか。前世では触《さわ》ったことすらない。

「劇薬じゃない」

しかし多少の知識はある。

「はい、劇薬です。でも安心してください。今このトレーには載《の》ってません。あとは、陸戦隊やパイロット科の人たちのファーストエイドキットには三つは入っていますね」

薬の種類もさることながら、ここに包帯の巻き方や緊急処置的な医療行為《いりょうこうい》の数々も存在する。

当然、艦に損害が出れば彼女《かのじょ》たちの仕事はとてつもなくハードになることだろう。

「薬の内容を全部覚えた後に、衛生兵ってあちこち行かないといけないから、通路まで覚えるの大変じゃないの？」

「そうですねぇ。基本的にはセクションごとに割り当てられているんですけど、怪我《けが》や病気って突然《とつぜん》ですから、結局衛生兵は自分たちが乗り込む艦の構造を把握《はあく》しなきゃいけないんです。駆逐艦とか、巡洋艦ならまだ何とかなるんですけど、戦艦とか、空母となるともうパンクしてしまいますよ」

細かい種別を考慮《こうりょ》せずに説明すれば、地球帝国軍の艦艇は、戦艦及《およ》び空母が基本的に五〇〇メートル級であり、巡洋艦は三〇〇～四〇〇メートル、駆逐艦は二〇〇メートル級と言ったものである。

当然これらは細かな違いがあり、必ずしもその通りの大きさではない。

事実、このティベリウスは戦艦でありながら四〇〇メートル級ではあるが、一部機能を無人化しており、少ない乗員でも運用を可能とした艦でもあった。

この無人システムのおかげで今ティベリウスは外部のコントロール艦による曳航《えいこう》を受けている。試験が始まるまで艦橋にはロックがかかっており生徒は勝手に触ることも操作することもできない。

このシステムが、後々無人艦隊を構成することになるのだが、それは六十年後の未来の話である。

また乗員である生徒は三一二名。正規の乗員数は六〇〇を超《こ》えるのが基本であるが、それは交代要員などを含《ふく》めた場合であり、今回は試験である為《ため》、約三〇〇名という少ない人数で、小規模な演習を行う予定だったのだ。

「それで、次はどこを回るの？」

リリアンたちはティベリウスのちょうど右舷《うげん》中腹にいる。展望デッキは両舷の中腹にほんの少し出っ張りがあり、そこに設置されている。通常は外壁《がいへき》を閉じるだけなのだが、戦闘になると艦内部に収納される作りとなっている。

また艦内部、中央部分には乗員たちの個室や食堂及び医務室が存在する。ここを中心として艦首側には戦闘機等の格納庫、艦尾《かんび》には機関室といった区画が存在する。

艦上部は艦橋、戦闘指揮所の他、電算室やレーダー室等があり、戦闘時にはこれも内部へと格納され、戦闘ブリッジと呼ばれる。

「そうですね、レクリエーションルームでしょうか。遊びすぎて疲《つか》れてる人もいるでしょうし……あと、念の為確認《かくにん》しておきたいこともあって」

「確認？」

「ええ、とは言いましても個人的なことなので。一言叱《しか》ってあげれば終わります」

叱るってなんだ？

そんなことを疑問に感じつつ、リリアンはフリムの後をついて行く。

レクリエーションルームは娯楽室《ごらくしつ》……であると同時に実はシミュレーションルームでもある。疑《ぎ》似《じ》的ではあるが、艦隊運用のシミュレートも可能であり、半ば訓練室のようなものである。

しかし平和ボケに浸《ひた》っている今ではそのような高度なシミュレーターも最新のゲーム機程度にしか生徒は思っていないだろう。

実際、遊び感覚で艦隊戦の真似事《まねごと》が出来るのだから、その気持ちもわからないでもない。ただし軍用品である。その精度は凄《すさ》まじく、多少グラフィックがちゃちな以外は本格的な運用が可能だった。

「まぁ盛況《せいきよう》だこと」

着いてみればなんてことはない、遊園地にでもやってきたかのようにはしゃいでる子供が多かった。これから演習、いやもっと酷《ひど》い事故が起きて嫌《いや》でも実戦を経験することになるというのに。

とはいえ、かつては自分もその子供の一人だったのだし、事故が起きてどこかへ飛ばされるなんて誰《だれ》も想定はしていないのだから仕方のない話である。

だが、熱狂《ねつきよう》具合が大きすぎる。誰か疑似艦隊戦をやっているのだろうということはわかる。

ちょうど、模擬艦隊戦に決着がついたようで、卵形のポッドから先ほど別れたはずのステラが、青髪《かみ》の少年と共に出てくる。

対戦相手のポッドからは茶髪《ちやぱつ》の活発そうな少年が何やら大きな声で「ちくしょー！　卑怯《ひきよう》だぞ！」と叫《さけ》んでいた。

少年たちが姿を見せた途端《とたん》、周囲からは歓声《かんせい》……もとい黄色い声の方が多かった。と、同時にステラに向けられる嫉妬《しつと》の視線もまた存在する。

「やっぱり」

そんな奇妙《きみよう》な空間を物ともせず、フリムはトレーを押《お》しながらずんずんと突《つ》き進む。

「ステラ！」

「ひゃっ、フリム？」

フリムがまるで子を叱る母親のような声を出すと、ポッドから出てきたステラは大きく体を震《ふる》わせて、次にオイルが切れた機械のようにギギギと首を向けた。

「おや、フリムじゃないか。どうしたんだい血相を変えて」

おびえるステラの肩《かた》に手を置いて、するりと青髪の少年が笑《え》みを絶やさない顔で割って入る。

リリアンはその少年のこともちろん知っている。

リヒャルト・ファウラー。

【帝国の若き獅子】の一人。そして、ヴェルトールの副官を自称《じしよう》する、もう一人の天才。

その出会いが、ちょっとした事件の始まりとなるのであった。

「ステラは今、僕《ぼく》たちと大切なことをしているんだ。用事があるのなら手短にお願いしたいのだけど」

リヒャルトは常ににこやかな笑みを浮《う》かべた美少年だ。

そういえば彼《かれ》のことはよく知らない。

家系は一応貴族であるが、何かしら軍功で名を上げた歴史はなく、さりとて政治的にも中立の立場にいる中流階級層。あまり目立たない存在のはずだが、それでも妙に存在感があるのがこの少年だ。

だからだろうか、リヒャルトも【帝国の若き獅子】の一人に数えられている。

どこかつかみどころのない性格ではあるが、ヴェルトールとは幼馴染《おさななじみ》、親友というのだ。

事実、未来ではヴェルトールの副官として、時には艦隊提督として働いていた。

「ファウラー様。ステラは整備科です。そちらの遊びにつき合わせないでください」

「これはすまない。だが彼女の才能は本物だ。埋《う》もれさせるのは、僕の趣味《しゅみ》じゃないな」

「勝手なことを」

学園の憧《あこが》れの的、その一人に対してフリムは強気だった。

(どういう関係?)

いくら何でも強気が過ぎる。それにリヒャルトの反応から察するに、彼はフリムとはそれなりには近しい間柄《あいだがら》のようだ。

「違うのよ、フリム。私がやりたくてやっているの」

「駄目《だめ》に決まってるでしょ!」

まるで悪戯《いたずら》がバレたけど無意味な言い訳をする幼子のようにステラが発言をすると、フリムはぴしゃりとそれこそ母親の如《ごと》く、制止した。

「あなた、自分の仕事を理解しているの? 整備班長も困ってたわよ」

「うぅ……でも、自分の仕事は全部終わらせたし……」

「整備班が整備の現場にいなくてどーするのよ！」

「うぐ……言い返せない」

未来の元帥《げんすい》閣下は正論で沈《しず》んだ。

「やれやれ相変わらず手厳しいね。ヴェルが苦手意識を持つのもわかるよ」

「ヴェル……ガンデマン様は関係ありません。このことを彼は知っているのですか」

「もちろん知らない。これは僕のやりたいことだからね」

二人の会話を聞いていて、そういえばと思う。

ステラはヴェルトールといたはずだ。まぁずっと一緒《いっしょ》というわけはないので、あの後に別れて、すぐリヒャルトに捕《つか》まったということだろうが。

思った以上にステラの交友関係は広いことを改めて知ることになった。

一体どういう出会い方をすればこうなるのか。

「それにしても……珍《めずら》しい人がいるね。ルゾールのお嬢《じょう》さんじゃないか」

リヒャルトは笑みを絶やさない顔でそう言ったが、自分に向けているその笑みが作りものであることはすぐにわかる。伊達《だて》に精神は七十九ではない。有り余る人生経験で作り笑いの見分け方は理解している方だ。

つまり、歓迎《かんげい》されていない顔というわけだ。

「どうしてここにいるんだい？」

「この方は演習に向けて色々と準備をなさっているのです」

すかさずフリムがフォローをしてくれた。

実際は暇《ひま》つぶしなのだが、フリムとしてはそう思っているようだ。

「準備？」

あからさまな怪訝《けげん》な表情。

「ヴェルの追っかけ娘《むすめ》が……？」

リヒャルトはぼそりと呟《つぶや》くように言った。

どうやらかつてのリリアンがヴェルトールに惚《ほ》れ込んでいたということも知っているようだ。それもあってか、リヒャルトはごく自然にステラの盾《たて》にでもなるように前にでた。

どうやらリリアンがステラに嫌がらせをするのではないかと警戒《けいかい》しているようだ。

無理もない。学生時代のリリアンの評判も、未来程ではないにせよ、そう高くはない。権力者の娘で我儘《わがまま》、偉《えら》そうな態度を取るだけ。典型的な堕落《だらく》しきった貴族にしか見えていないだろう。

そしてそれは少なくともこの時代におけるリリアンの評価としては正しい。

言い訳のしようもない。

「ふぅん。まぁいいさ。準備というのなら、君も模擬艦隊戦でもしに来たのかな？　一応、提督候補だったよね？」

「いえ、そういうわけじゃ……」

たまたまフリムについてきたらここにたどり着いたというだけなのだ。

「冗談《じょうだん》だろ？　そいつがまともな艦隊運用できるのかよ？」

思わず否定すると、いきなり後ろから声が飛んできた。

「俺《おれ》、そいつが授業のシミュレーションでまともに艦隊を運用している姿見たことないぜ？」

振《ふ》り返ると、そこには先ほどステラと模擬戦をしていた茶髪の小柄な少年と、明らかに不機嫌《ふきげん》そうな赤髪の仏頂面《ぶっちょうづら》の少年がいた。

声の主は茶髪の少年のようだ。

「って、フリムまでいんのかよ。面倒《めんどう》くせぇな」

デラン・アルデマルト。やはり彼も獅子の一人である。古くは空軍の家系らしいが、宇宙時代に入ってからは空母運用で名を轟《とどろ》かせるようになったとのこと。とうの本人は戦闘機パイロットのコースを希望していたようだが、そこは名家と親の意向からか、艦隊の方に進路を固定されている。

だが才能は本物だ。彼の空母及び艦載機による戦闘機動は未来では一種の芸術であるとまで評価されていた。

「なぁおい、もう一回やろうぜ。あんなんじゃ納得《なっとく》できねーよ」

デランはリリアンを一瞥《いちべつ》しながら、リヒャルトに駆《か》け寄った。

「ヴェルトールもそうだが、君も大概《たいがい》の負けず嫌《ぎら》いだね。ダメダメ、約束だろう？　次はアレスの番だ」

「そうだ。本演習まで時間もない。時間を無駄にはしたくないのでな。遊んでいるだけの連中のように俺は暇じゃない」

そう言うのは赤髪の少年、アレス・ハウロイ。当然、獅子の一人。圧倒的なまでの堅牢《けんろう》な守りが持ち味であり、彼の艦隊陣形《じんけい》を崩《くず》す為にはよほどの破壊力《はかいりょく》、ないしは機動力を持って挑《いど》まねばならないと言われている。

獅子たちの中ではヴェルトールに次ぐ家柄を持ち、かつては皇帝《こうてい》陛下の側近艦隊の一翼《いちよく》も務めた家系だとか。

故に実は皇室との繋《つな》がりに関して言えば一番近い。

そして御覧《ごらん》の通り、口が酷く悪い。

「そういうわけだ。フリム。そしてルゾール。俺たちの邪魔《じゃま》をするな」

「そうそう。艦隊運用の練習は遊びじゃない。これはれっきとした事前演習ってわけ。フリムもさっさと医務科の仕事に戻《もど》った方がいいんじゃねぇの？　衛生兵の仕事は怪我人と病人相手だろ。んでルゾールは……お前なんでここにいるんだ？　紅茶でも飲んでるかと思ったが」

「大方、やることがなくて暇だったのだろう。暇なら暇なりに乗員配置や演習の予習ぐらいはするものだがな。やることがなく忙《いそが》しくないのは羨《うらや》ましい限りだな」

「あなたたちねぇ！」

フリムが怒《おこ》ってくれるが、私はそれを制した。

「良いのよ。事実だし」

中々随分《ずいぶん》な言い方だけど、どれも本当のことだから仕方がない。

これまでの行いのツケを払《はら》っているようなものであるし、他人から見ればそういう評価なのは当然なのである。

このような言い方をされても仕方がないのがこの時代のリリアンという少女なのだ。

だから甘《あま》んじて受け入れる。受け入れてやろうとも。

ええ、怒りはしない。こっちは中身が七十九歳だもの。

「フン。開き直っては救いようもないというものだ」

「少しぐらい、やる気みせろってぇの。俺たち、軍人になるんだぜ？　しっかりしてくれよな」

まぁあえて、あ・え・て言うのなら、

（小僧《こぞう》共が。ゲーム盤《ばん》如きの演習でプロになったつもりかしら）

こちらは腐《くさ》っても六十余年の艦長、提督経験者だ。

この程度で怒《いか》り狂《くる》う程じゃ……いややっぱりムカついてきた。

何か言ってやらないと気が済まない。

「失礼だけど――」

「あのぉ！　そういう言い方ってないと思います！」

リリアンの反論はステラの大声でかき消された。

どうやら未来の元帥閣下もまた怒りの頂点だったようだ。

だが、リリアンもそして若き獅子たちも、野次馬《やじうま》に徹《てっ》していた周囲の生徒も、ステラの大声に黙《だま》ってしまい、ジッと彼女を見つめる。

ただ一人、フリムだけが「ああ、またか」と言った表情で顔を押さえていた。

「私、そういうの嫌《きら》いです！　謝《あやま》ってください！」

「な、なぜ俺がこいつに謝罪を」

アレスはムッとなってステラに反論するが、それ以上にステラはかみついた。

「彼女がどういう人なのか、私は知りません！　でも、そういう言い方、下劣《げれつ》です！」

「お、おい、ステラ。落ち着けって」

慌《あわ》ててデランが割って入るが、もはや無駄だった。

「謝らないというのなら！　謝らせます！　決闘です！　私とリリアンさんであなた方二人を叩《たた》き潰《つぶ》します！」

ステラの決闘の申し込みが室内にこだまする。

（……？　あれ？）

最後、何か聞き捨てならない言葉が混ざっていた気がする。

「え、私も？」

「リリアンさん！」

「はい」

思わず返事をした。

ステラはぐっとリリアンの両手を握《にぎ》った。

「大丈夫《だいじょうぶ》です！　私、あなたのことを全く存じ上げない、ついさっき会ったばかりでどんな人なのか全く知らないですけど、だからって他人をあんな風に言う人は絶対に許しませんから！」

「うん、それは嬉《うれ》しいんだけど。なんで私まで」

「さぁ、行きましょう！」

そして。

気が付けば、リリアン・ステラ艦隊VSデラン・アレス艦隊というマッチングが始まることとなったというわけである。

「え、なんで？」

＊＊＊

宇宙戦艦を操《あやつ》るものとして訓練は必須《ひっす》だが、そう何度も実際の艦を使っての訓練や演習を行うことは難しい。

艦を動かすのにもお金はかかるし、整備も必要となり、訓練を行う区画、宙域の確保やその際における周囲の安全確保も実施《じっし》しなければならない。

訓練があるとは知らず、民間の船がたまたま通り過ぎたなどしたら大事故につながる。

その為にシミュレーターによる仮想空間での艦隊運用の演習がカリキュラムなどに含まれている。

リリアンとステラはそれぞれ通常の戦艦を旗艦として、配下の艦隊を操る。

この試合のルールは単純で、敵艦隊を殲滅《せんめつ》させるもしくは旗艦を落とすことである。

だがシミュレーターによる模擬艦隊戦はやはりゲームの延長線上でしかない。それらしい動きは再現出来ても、戦闘に関わる時間や攻撃《こうげき》速度などはかなり簡略化されている。

しかもこのシステムは民間でも真似ができるようで、ほぼ同じようなシステムで市井《しせい》には艦隊戦ゲームなどが流行《はや》っていた。

宇宙空間は広大で、宇宙戦艦の攻撃距離は長い。それを比較的《ひかくてき》短時間で再現しようというのだ、無理は生じる。

（結局、このシミュレーションシステムだけをやって自分には才能があると勘違《かんちが》いする奴《やつ》が多かった。私もその一人だけど。けど、彼らは違う。若獅子なんて持て囃《はや》されてるけど、彼らは本物だ。だからこそ油断が出来ない）

また艦隊への指示、攻撃命令、艦載機の発進すらもタイムラグなしで伝わるし、指示には逆らわないし、間違えない。その点だけは既存《きぞん》の兵士よりも優《すぐ》れているといえるだろう。

「つまり、この模擬戦の勝敗を決めるのは純粋《じゅんすい》な個人の力量。判断を誤れば敗北は必須。単純な読み合いがものをいう。所詮《しょせん》はゲームとはいえ……」

リリアンは誰に言うわけでもなく、呟いた。

一体なぜこんなことに。そうなるような展開がどこにあったのか。

なぜ自分は若獅子たちと艦隊戦をしているのだ。

しかも僚艦《りょうかん》はあのステラと来た。

「出しゃばらないと決めた矢先にこれだもの」

とはいうが、その予定を崩したのはほかならぬ自分だ。

ならここで軌道《きどう》修正してみるか？　どうやって？

（わざと負ける……？）

相手は天才と称される若手のホープ二人。負けたところで、誰も不思議には思わない。当然の結果とみなが思うだけだ。

いや、それは無理だ。自分の考えを鼻で笑い、リリアンはちらりとモニターの向こう側にいるステラを見る。

彼女はジッと正面を見据《みす》えていた。

（あの子は、私の名誉《めいよ》の為に戦っている）

前世では彼女の全《すべ》てを奪《うば》った自分。当然、この時代の彼女はそんなことは知らないだろうが、リリアンからすれば気負うものだ。

だが同時に、彼女に恥《はじ》をかかせていいのかという感情も湧《わ》き上がる。

自分の為に立ち上がった少女。未来の元帥予定の少女。彼女には必ず全軍の指揮を執《と》ってもらわないといけない。それを考えるとこの模擬戦はうってつけなのではないだろうか。

それに、ここで勝負に勝ったとしたら、それはステラの才能を周囲に認めさせることにもなる。あのエリート相手に、即席《そくせき》の艦隊で勝った。

その事実はステラという少女の評価を著《いちじる》しく高めるだろう。

（恐《おそ》らく。前世でも、ステラは彼らとこうして模擬戦をしていたはず。でなければ、ヴェルトールたちと親しくなれるわけがない。問題はそこに、私が介入《かいにゅう》したから、歴史が変化した。だけどそれは悪いことばかりじゃないはず）

ステラの才能を見せつける。

ならば、取る行動は一つ。

「……敵の布陣《ふじん》は防御《ぼうぎょ》陣形。シールド艦で空母を守っている。しかも、シールド艦はただ展開しているだけではない。空母などの重要戦力を中心に厚く、そして減衰《げんすい》を防ぐ為にわざと攻撃を通す場所も作っていると見た」

正面に展開する敵艦隊の陣形を見て、リリアンはさすがだなと思う。

防御を得意とするアレスの妙手だ。ただ防御能力の高い艦を前に出すのではなく、受け流すことも考慮している。

シールド艦の電磁フィールドは無限ではない。直撃を受け続ければ減衰し、限界値を超えれば発生装置が一時的に停止して、エネルギーの充填《じゅうてん》期間に入る。

シールドも無敵ではない為、許容できない衝撃《しょうげき》を受ければ貫通《かんつう》する。

それを防ぐ為、時に艦隊を散開、回避《かいひ》運動に専念させたり、時に集結させ純粋な防御で受け止める。

鉄壁《てっぺき》のアレス。その真実は攻撃を受けない機動性と、正反対の攻撃を受け止める度胸にある。

そのタイミングの捉《とら》え方は天才という外ない。

現在はどう動いても良いように等間隔《とうかんかく》の防御陣形を敷《し》いている状態だ。

「次に空母から艦載機が来る。デランの指揮する艦載機は縦横《じゅうおう》無尽《むじん》よ。そして無理をさせない。宇宙魚雷《ぎょらい》の一斉射《いっせいしゃ》、まるで針のような一撃が飛んでくることもある。ドッグファイトは最終手段」

鉄壁の防御に守られた空母からは無数の艦載機の発進を確認する。空母運用の天才であるデランの攻撃隊は即座に対応しなければいけない。

一体どういう嗅覚《きゅうかく》が働いているのか、デランの指揮する艦載機はこちらの脆《もろ》い箇所《かしょ》を的確についてくる。

しかも攻撃が不利とみれば即座に後退を命令できる。

決して猪突猛進《ちょとつもうしん》するタイプではない。ある意味、一番戦況を把握できているのがデランという若者である。

それがリリアンの評価だ。

「しかも、艦載機に気を取られては敵艦の砲撃《ほうげき》も飛んでくる。でも艦に手間取れば艦載機に食い破られる。攻守ともに完璧《かんぺき》な布陣よ？」

デランとアレスは一見すると水と油のように見えて、凄まじくかみ合わせが良い。

どちらかに意識を向ければそれで相手のペースだ。

さて、どう出るか。

「進言。迎撃機を発艦させ、宇宙魚雷によるシールド減衰を提案するけど。あなたはどうするの？」

まずはこちらからセオリーに従った行動を提示する。

「……あの、私に考えがあります。聞いてもらえますか？」

さっきまで、食い入るように敵艦隊を眺《なが》めていたステラは、一瞬《いっしゅん》にして小動物のような姿勢で、こちらの反応を窺《うかが》ってきた。

「あなた、さっきデランに勝ったのでしょう？　勝者の言葉は聞く価値があるわ」

そう答えると、ステラはパッと笑顔になり、即座に真顔に戻った。

この切り替《か》えが、どうにもリリアンは恐ろしい。

「後退します」

ステラはメインモニターへと視線を戻し、一言。

「下がる？　迎撃は？」

「今から発艦させても、相手の布陣を崩すのには間に合いません。対空防御陣形にて、後退。速度はこちらに合わせて。射程の長い砲撃艦で敵空母を集中的に狙《ねら》ってください。ですがまずは後退。けど、下がり切らない程度」

宇宙空間で対空防御というと奇妙な話に聞こえるかもしれないが、これは単純に単語を統一させた結果である。対空防御は敵艦載機及び宇宙魚雷などへの対応全般《ぜんぱん》を指すようになり、それが宇宙空間であろうが大気圏内《けんない》であろうが、変わらない。

ただ宇宙空間においては全方位に対する警戒を行えという意味も付け加えられる。

「了解《りょうかい》。砲撃艦、主砲斉射。迎撃魚雷も用意させる」

宇宙は海であり、艦から放つという理由から、かつてミサイルと呼ばれた装備は魚雷で統一されていた。このあたりもよくわからない貴族たちの趣味というか我儘である。

「はい。構いません。駆逐艦は陣形内部へ。巡洋艦、外部へ」

ステラの作戦通りに陣形が再構築されていく。

（退《ひ》き撃《う》ち。射程の長い砲艦主体であればまだしも、さて……この動きで鉄壁と機動力を崩せるのかしら）

リリアンは自分の指揮下にある砲撃艦で遠く、射程ギリギリの敵空母へと攻撃を開始する。

艦隊から放たれた重粒子《じゅうりゅうし》が無数の閃光《せんこう》となって、線を引いていく。当然、砲撃艦の長距離重粒子砲とはいえ距離限界では威力《いりょく》を低下させ、シールドで容易に弾《はじ》かれる。

シミュレーションの表示データでも【ノーヒット】の判定である。

「長距離巡航魚雷の準備をお願いします。ですが、発射はまだで。しばらくは重粒子砲にて空母をとにかく狙ってください」

「ふーむ……」

もし、この場にいるのが、かつての愚《おろ》かな自分であれば反論するか、仮に言うことを聞いてもステラが何を目的としているのかさっぱり理解できないだろう。

だが、今のリリアンは何となくであるが、ステラのやろうとしていることが理解できる。ただ確証も自信もないだけだ。

下手に、余計なことをしたら酷いことになる。身をもって経験しているとなれば、ちょっとしたトラウマにもなる。

だから、細かく確認をしておきたかった。

「それとなく、観測ドローンも上げた方がいいかしら。敵艦隊の動きがちょっとはわかりやすくなるわ」

「……！」

すると、ステラはちょっと驚《おどろ》いたような表情を浮かべた。

「お願いします」

すぐさまそう返事をする。

「了解、了解」

リリアンはシミュレーションのメニュー画面を開き、ドローンの射出を選択《せんたく》する。実際は数百の無人ドローンが発射されるが、シミュレーションでは一五機程度で表現される。

射出されたドローンには攻撃性能はなく、探知用レーダーと観測カメラ、移動用の小型スラスターが数基ついている程度である。小型に見えて実際は一〇メートル級。

「さて、敵戦闘機が接近してきたけど？」

「弾幕《だんまく》で追い払ってください。そちらは気持ち、厚めの弾幕で。デランさんは多分、私を狙いたがらないと思います」

「一度負けてるから？」

「はい」

即答だった。

「あの人は、意外と慎重《しんちょう》派ですから」

「あなた、デランと戦ったことは何回あるの？」

「二回です。さっきので二回目」

「……それで断言できるの？」

「できます。きました。対空防御。魚雷はシールドで防ぎます。初撃でこっちを削《けず》ろうとは思っていないでしょうから、追い払うことに集中して、それ以上の迎撃追撃はなしで」

レーダーには無数の敵戦闘機の反応を感知。ステラの予想通り、リリアン艦隊側には少々数が多いように見えた。

「機銃掃射《そうしゃ》、魚雷迎撃開始。砲撃艦は空母への攻撃を続行。巡洋艦は砲撃艦の援護《えんご》に出すわよ」

所詮はシミュレーション。

それでも、艦隊戦は心が躍《おど》る。

「こればかりは……どうなろうとも変わらないものね」

＊＊＊

アレス・デラン艦隊における旗艦は、アレスが通常の戦艦、デランは当然、空母を選択している。旗艦が落とされれば、旗下の艦隊は自動操縦へと切り替わるのだが、これがとてつもなく頭が悪い。ゲームであれば、それはちょうど良いハンデとなるが、今回のように僚艦が存在する場合はそのプレイヤーに操作権が移るが、それは非常に負担が大きい。

運用思想が異なる艦隊の指揮は足並みが揃《そろ》わないものだ。

もちろん、基礎《きそ》的な指揮はできるだろう。だが、根本的な部分での認識《にんしき》の違いをすり合わせることは難しい。

またどの艦が旗艦であるのかは対戦相手にはわからない。

とはいえ、大半は空母ないしは戦艦である。また複数人でシミュレーションする場合、必ず艦隊と旗艦が分かれる。今回のように何も設定をしない二人の場合は単純に【二つの艦隊】となる。

だが、アレスとデランは自らの艦隊を【三つ】に分けた。それは三隻の空母が存在するからというのもあるが、相手をかく乱する為でもあった。

(うぬぼれるつもりはない)

アレスは内心で呟きながら、敵艦隊の動きの奇妙さを考察し始めた。

「退き撃ちだと?」

リリアン・ステラ艦隊の動きは奇抜《きばつ》であるが、そこには意図のようなものを感じる。

アレスはそれを見て攻《せ》めこもうなどとは考えない。意味のない後退は存在しない。当然、罠《わな》を警戒する。が、敵の動きは誘《さそ》っているようにも見えない。

それこそ、陣形は基本的な防御陣形だ。一か所にまとまり、シールド艦の密度を高める。

だがこの陣形には弱点がある。永遠に攻撃を受け続けるなどということはできない。シールドはいずれ減衰する。

それらの弱点を補う方法はいくつかあり、簡単なのはシールド艦同士で電磁フィールドを同調、拡大させることである。

これは単純ではあるが、効果てきめんで、数が揃うのなら核《かく》の衝撃であろうが、重粒子の数百の直撃であろうが耐《た》えることが出来る。

しかし、それでもやはり無敵ではない。展開し続けるということはエネルギーを消費し続けるということである。

それを、理解していないということはないだろう。

「砲撃艦の長射程でこちらのシールドを削るつもりか？　いや、それはないな。砲艦の数は多くない。そんな少ない砲撃では、こちらを削りきることは出来ん。再度砲撃する間に、こちらのシールドエネルギーが回復する。何が目的だ？」

不可解な行動には必ず裏がある。それがなんであるかを考える必要があるのだが、今はまだ情報が少なく、答えは出せない。

「デラン、敵艦隊の様子はどうだ」

宙域に展開し始めたデラン艦隊の艦載機隊は初撃を終えて、帰投を始めていた。あの攻撃は敵の偵察《ていさつ》も兼《か》ねている。同時に敵がどう動くのかを見極《みきわ》める為のものであり、敵艦を落とそうなどとは考えていない。

「がちがちに防御を固めてる。さすがに対空砲火が厚い。三機落ちた。もったいねぇ」

口をとがらせ、文句を言いつつもデランは敵艦隊の陣形の詳細《しょうさい》データを共有していた。

「基礎中の基礎。教科書通りの防御陣形だろ？」

「あぁ、これそのものに不審点《ふしんてん》はない。だとすれば、あちらの目的はなんだ」

「俺の空母たちがさっきから集中砲火を受けてるのはどう判断する？」

アレスもデラン艦隊が砲撃艦で空母を狙っていることには気が付いている。

だが、射程ギリギリでは威力は減衰を起こし、シールドを削ることすらできない。

「お前が乗っている旗艦を捜《さが》しているのだろう。重要な艦であれば、俺が守りを厚くすると思っているのかもしれんが」

アレス・デラン艦隊は三つに分けられ、右翼の空母がデラン艦隊の旗艦を務め、アレスの戦艦は中央に位置する。

だとしても、アレスはどの部隊の防御も適切に行っている。どれかに偏《かたよ》るようなことはしていない。

それはデランも同じだ。半ばコンピューター制御である左翼艦隊と合わせるように艦載機を飛ばす。

「デラン、貴様は言いたくないだろうが、ステラにはどのようにして負けた」

「……今とは真逆。あいつ、艦隊を分散させていたんだ。まるで蜘蛛《くも》の巣に捕まったみてぇだった。駆逐艦、巡洋艦の機銃と主砲の距離が完璧に計算されていて、全力で撃ってもお互《たが》いに傷がつかない。だから、巣に引っかかった艦載機が次々と落とされていった。当然、俺も対応はしたさ。一つひとつの艦隊は数が少ない。なら爆撃《ばくげき》を加えて陣形を崩し、確実に攻めようとした」

宇宙用の爆撃機は対艦用の大型魚雷を搭載《とうさい》している。足は遅《おそ》いが、その攻撃力は凄まじく、うまく使えば艦隊すらも半壊させることも可能だ。

だが足が遅いというのは致命《ちめい》的であった。

「するとどうだ。今度は主力戦艦による一方的な艦砲射撃《かんぽうしやげき》で足の遅い爆撃機は消滅。あれはゾッとしたよ。どこを攻めても、的確にこっちの嫌な行動をしてくる。先を読まれている感覚だ」

そう語るデランは若干《じやっかん》、青い顔を浮かべていた。

言葉で語る分には簡単である。だが、実際にその光景を目の当《ま》たりにしてみなければ、恐ろしさというものは想像し辛《づら》い。

事実、アレスとしても「デラン程の艦載機の天才が、手も足も出ない」という事実が信じられないぐらいだ。

デランの操る戦闘機隊であれば、数の少ない部隊など瞬《また》く間に翻弄《ほんろう》し、壊滅させるだろう。それが出来なかったと言われても、出てくる感想は「そんなバカな」しかない。

だが問題の本質はそこではない。

デランの経験は、今この戦場においてはあまり意味をなさないということだ。

あまりにも戦い方が違う。

「面白《おもしろ》い……とは言ってられんか」

戦闘はまだ始まったばかり。お互いに小手調べというわけだ。

焦《あせ》った方が負ける。今はまだじっくりと腰《こし》を据《す》えて、敵を見定める必要があるだろう。

「デラン、次の攻撃隊の発艦準備だ」

「言われなくてもわかってる。んで、まずはどっちを攻める？　俺は一応リリアンを押すけど？」

先の攻撃で、デランはどちらがどの艦隊にいるのかを悟《さと》っていた。

明らかにこちらの動きを読むかのように機銃を向けていた艦隊はステラだと直感した。ゆえに、気持ち多めに、別艦隊に攻撃隊を増やした。

「まぁ……切り崩すとすればそこだろうが……」

アレスは再びメインモニターの先を見つめる。

「なぁ、違和《いわ》感がないか？」

「リリアンらしくねぇって言いたいんだろう？」

「貴様もわかっていたか」

「一応、同級生で、同じコースの奴だろ。あいつらしくない動きだ。あいつ、馬鹿《ばか》みたいに突撃するからな。でも、今回は違う。なんつーか……一瞬、ステラと勘違いした。正直、俺がリリアンだと思ってる艦隊がステラの艦隊なんじゃねぇかって今も考えてる」

「どうする。攻撃を止《や》め、出方を見るか」

「いや、それはなんか悪い予感がする。爆撃機隊で揺《ゆ》さぶる。俺も情報が欲《ほ》しい……ん？」

警報。

それは敵艦隊が後退ではなく、ゆっくりと前進を始めたことを伝えていた。

ただし、陣形はそのまま。防御の形で前に進んでいる。攻撃も単調だ。シールドが削れる程ではない。

「何を考えている。そのまま塊《かたまり》としてくるのか、それとも散開するのか」

このまま敵艦隊が陣形のまま来るも良し、散開するも良し。どちらでもすり潰せる作戦はある。艦隊をわざわざ三つに分けたのは空母が三隻あるからという理由だけではない。三つに分かれた艦隊、それを見せることで、三艦隊による包囲を形成するという選択肢《せんたくし》を相手に見せつける為である。

（相手は何を選ぶ。一丸となって、どちらかを狙うか。その場合は、包囲網《ほういもう》を形成し、飽和《ほうわ》攻撃で沈める。艦隊を分割するのであれば、相手は二つ、もしくはこちらと同じ三つに分ける。数的に互《ご》角《かく》を作り出したいだろうからな。俺たちの艦隊数は同じ、四つに分けると脆くなりすぎる。故に、それはないはずだ）

デランの爆撃機隊が発艦し、護衛の戦闘機もそれに続く。

相手は迎撃機を出す様子もない。

陣形もそのままだ。

徐々《じょじょ》に、デランの攻撃隊が敵に接近する。

「アレス、敵に動きがある。隊を二分するつもりだ」

デランの目は良い。一見すると敵艦隊に動きはないように見える。それは艦隊というものがどうしても巨大《きょだい》だからだ。

しかしそのわずかな動きを見極められないようでは艦隊指揮など出来ようはずがない。

「爆撃機隊の接敵は」

「まだだ。だがもう少しで魚雷が届く距離になる。どうする。分けさせないように退路を塞《ふさ》ぐようにも撃てるが」

「あぁ、そうしてくれ」

さぁ、どう出る。

アレスもまたモニターを注視する。

（敵は上下に分かれるつもりか）

宇宙に上下左右の概念《がいねん》はない。

などと言っても人間にはその概念が刻み込まれている。さらに言えば宇宙船には人工重力が存在する。

それで、結局、【旗艦】を基準として艦隊員には上下の概念が存在する。艦橋が存在するのもそれが理由だ。ようはそれを起点として上とするのだ。

だから、アレスから見て、敵艦隊が自分たちの頭上と真下を取ろうとしていると感じれば、それは上下に分かれるという意味なのである。

ならばとアレスはあえて艦隊の幅《はば》を広げた。

敵が広がろうというのなら閉じ込めるまでだ。

「各艦、長距離魚雷発射。重粒子砲スタンバイ。機動戦用意」

「爆撃隊、そろそろ接敵する。魚雷発射するぞ」

その選択は、決して間違ってはいない。

むしろ正しい対応だろう。そもそも、アレスもデランも、この行動で勝敗が決するなどとは思っていない。

これはただ戦場が動いているだけにすぎない。ダメージを期待はしても、撃沈《げきちん》できる程、宇宙船は脆くない。

　そもそも、距離がまだあるのだ。やっと巡洋艦の主砲が届くような距離。いくらでも態勢を立て直す時間はある。

　だから、その刹那《せつな》に起きたことをアレスもデランも理解が出来なかった。

「なんだ！」

　警報。ダメージによる衝撃がシミュレーションポッドを揺らす。

　直撃を受けたという証拠《しょうこ》。

　馬鹿な。一体どこから。

　アレスはレーダーを確認する。

　そして目を疑った。

「なんだ……これは……」

　敵と、自軍の表示が重なっている。

　あり得ないことだ。

「我々の艦隊の内側にいる！」

　そう叫んだ時。

　シミュレーションポッド内が白い閃光に包まれた。

＊＊＊

時をしばし戻す。

アレス・デラン艦隊が思案をしていた頃《ころ》、リリアン・ステラ艦隊でも作戦についての小さなやり取りが行われていた。

「デランさんは次に爆撃機による攻撃を選択すると思います。火力でこちらのシールドを減衰させるつもりでしょう。ですが、こっちを落とそうという攻撃ではないと思います。今のあの人は、必要以上にこちらを警戒していて、本来ある打撃力が損《そこ》なわれていますから」

「それはあなたが、彼に勝っているから？」

「はい」

ステラは、確信が持てることに関しては即答する性格のようだ。

彼女は、リリアンのことをよく知らないと言った。

それはリリアンとて同じであり、彼女からしてもステラという存在は冷徹《れいてつ》な指揮官としての存在ぐらいとしか知らない。

だが、いかなる奇跡《きせき》か、シミュレーションとはいえ、こうして軍議をしている。

「まぁ、それは良いけど。このまま意味のない後退と撃ち合いを続けても、ただ時間が過ぎるだけだと思うけど？　むしろ、艦載機隊の攻撃でじわじわとこちらが削られるだけだし、仮にアレス艦隊が前進してきたら、この密集防御陣形はただの的になるわ」

リリアンはステラに意見をしているわけではない。

伊達に中身は七十九ではない。自分たちの陣形の弱点もさることながら、敵艦隊がどう動きたいのかぐらいは想像がつく。

「防御陣形のままでは放置され終わり。部隊を分けても各個撃破の憂《う》き目にあう。だけど機動力の関係で私たちは圧倒的に不利……となれば押せるのは火力」

「そうですね。普通《ふつう》ならそうです。それがセオリーだと思います」

「ではどうするの？　砲撃艦の攻撃は単なるブラフ。あなたの真の目的はアレスを動かすこと。そうでしょう？」

防御陣形の弱点は、その実、アレスにも同じことが言えるのだ。確かに彼の防御はうまい。だが艦隊を三つに分けていては、その分の火力、防御力は薄《うす》い。機動性で補うとは言っても、こちらの全艦隊でどれか一つを一気呵成《いっきかせい》に攻めこめば撃滅は可能である。

当然、こちらにも少なくない被害《ひがい》が出ることだろう。

逆に相手が集結を始めれば、それこそこちらは包囲の形をとり、削ってゆく。

艦種の違いはあるが、お互いの艦の数は同じ。この戦いは、いかに相手よりも先に決定的な楔《くさび》を撃ち込めるかが肝《きも》となる。

「紡錘《ぼうすい》陣形を取り、敵の空白地帯へ切り込みをかける」

紡錘陣形とは突破力を持った陣形だ。艦隊の先端《せんたん》は細くまるで尖《とが》っているような形となり、中央に行くにつれて大きく膨《ふく》らむ。横から見れば流線形にも見えた。

「艦隊同士の穴を無理やりこじ開ければ、敵を分断することも、打撃で有効なダメージを与《あた》えることも出来る。それが、あなたの目的よね？」

だからこそ、リリアンは観測ドローンを放った。

敵がどう動いても良いように準備をする。それは実戦においても重要な要素である。どのような形であれ、こちらは火力を出さなければいけない。最も望ましいのは一点突破で敵の防御をこじ開けることだ。

つまり、戦艦による格闘戦を行おうというのがステラの作戦であるとリリアンは理解した。旧世代のガレオン船などが行う超々《ちょうちょう》至近距離による砲撃戦を宇宙時代の今にやろうというのだ。

「凄《すご》い、殆《ほとん》どその通りです。一番楽なのはアレスさんが艦隊をもう少し拡散させてくれるとありがたいんですけど。中々、動いてくれなくて」

「そりゃむこうだってあらゆることを想定しているだろうし、何より敵艦載機が鬱陶《うっとう》しいわ。放置は厳禁よ」

ただしこの動きを行う上で邪魔になるのが、デランの艦載機隊である。

こちらは未《いま》だに迎撃機を出していない。このタイミングで発進させても遅きに失するというものだ。

それにステラの予想ではデランは爆撃機を出すという。その火力はシールドすらも大きく削るだろう。

「ええ、ですので。そろそろ前進しましょうか。陣形は一旦《いったん》このまま。あ、駆逐艦のコントロール、私がやってもいいですか？」

「それは構わないけど、紡錘陣形……突撃陣形ではないというの？」

ここにきて、ステラは攻勢に出る構えを見せたが、陣形はまるっきり攻撃には向いていない。それでも前に出るという。

「駆逐艦の機動性が重要となります。ですが、こちらとの距離が空きすぎて、いくら駆逐艦の足が速くても、どこから攻め込ませようとも艦載機の餌食《えじき》になるだけです。今回のシミュレーションでは姿を隠《かく》せるデブリ帯もないですし、重力場や太陽風もありません。なので、少し無理をさせます」

ステラはそう説明しながら、駆逐艦たちを陣形の内側へとさらにしまい込むように移動させる。同時に駆逐艦のエンジンをカット。その駆逐艦たちを巡洋艦などで曳航するようにトラクタービームを発射する。

地球帝国のトラクタービームは磁力を利用したもので、推進機関が損傷し、航行不可能になった艦を運んだりする時に使うものだが、現時点で曳航が必要な艦は存在しないはずだ。

「何してるの？」

リリアンはステラの行動を止めることはしないが、何がやりたいのかはさっぱりわからなくなっていた。

駆逐艦が重要なのはそうだが、艦隊で突撃を行わないというのなら一体何を攻撃の要とするのか。

「駆逐艦を突撃させます」

「うん？」

「ワープさせます」

「はい？」

返ってきた答えは単純だが、理解がおいつかないものだった。

この娘は何と言った。駆逐艦を、ワープさせる？　どこに？　まさか、敵陣のど真ん中へ？

「あなた正気？」

自軍艦隊を敵艦隊にワープさせるなど、それは自殺行為だ。

言ってしまえばわざと特攻させるようなものだからだ。

「人が乗っていたらこんなことはしません。でも、これはシミュレーションです。そして私は模擬戦をしているつもりなんてありません。私はあのお二人の失礼な態度に腹が立っているのです。だから、徹底《てってい》的にコテンパンに倒《たお》す。それだけです。それに、艦隊同士がにらみ合ってよーいドンなんて戦闘、そうそうあると思いますか？」

「ないわね」

言われてみればそうであるとリリアンは納得する。

「でしょう？　普通、接敵する前に陣形や作戦を考えて、行動します。だから、これはゲームなんです。どっちもが同じ手札でやりあうゲーム。なら、ゲームらしく戦いましょう」

「ふぅん……」

そう。これは模擬戦とは言いつつもシミュレーション。実戦形式の演習ではないし、実機を使っているわけでもない。ゲームの延長線でしかない為、攻撃速度や時間の流れも現実とは違う。多少なりとも本格的ではあれど、やはり実戦には遠く及ばない。でなければ、こんな悠長《ゆうちょう》な会話だってしている暇もないだろう。

どうやら、ステラもそのことを理解しているからこそ、先ほどのような作戦を考え付いたのだろう。

「ちなみに聞いておきたいのだけど、もし仮にこの艦隊に人が乗っている前提だったら？」

「え？　うーん……それは、その時考えます。どうしたって、被害は抑《おさ》えられないでしょうし、それに……」

ステラはちょっとだけ困ったような顔を浮かべて、照れ隠しのように笑った。

「ＡＩは言うことを聞いてくれますけど、人はそうじゃありませんから」

それを見たリリアンはますます彼女の脳内で一体どういう計算が行われているのかがわからなくなった。

天才の考えを理解しようなどとは思わないことだと改めて考えさせられる。

突拍子《とっぴょうし》もない作戦を立案し、それを実践《じっせん》させようとする。大胆《だいたん》不敵というべきか、それとも単なる理論家なのか。

それでも彼女が前世界では天才軍師として、名を馳《は》せたのは事実だ。

「はぁ……わかった。あなたの好きに動きなさい。作戦もわかったし、こっちもやるべきことはやるわよ。駆逐艦はワープ後に魚雷の方がいいでしょう？　同時にエンジン急速展開。離脱《りだつ》を図《はか》らせるわ。私たち主力艦隊も最大船速、火力を艦載機に集中……といったところかしら？」

「はい！　なんだ、リリアンさんも私と同じ考えだったんですね！」

「そんなわけないでしょ」

ただ臨機応変に対応したまでだ。

ステラがそういう作戦に出るのであれば、こちらはどう動いたらいいのかを推察したに過ぎない。なおかつそういう風に動くことが結果的に味方の被害を減らせるし、敵を倒す可能性も高まる。

六十余年の経験は無駄ではないと自負している。

「観測ドローンが動きを感知したわよ。艦載機の発艦を確認。対艦魚雷装備、爆撃機ね」

「わかりました。では前進を。爆撃機が敵艦隊からちょっと離《はな》れたタイミングで艦隊を上下に分けます」

「了解。上は私でいいわ。爆撃機の相手をする」

「いいんですか？」

「ちょっとぐらい私にも見せ場を寄越《よこ》しなさい」

数分後。

目の前で、敵艦隊の一角が爆発の中に消えていった。

鉄壁と謳《うた》われる防御の名手アレスの堅牢艦隊がまるで砂上の楼閣《ろうかく》かの如く崩れていく。

アレス艦隊がほんの少し、陣形に隙間《すきま》をあけた。その刹那、待機させていた駆逐艦隊による近距離ワープを実施。デブリなどの障害物が何もないことが幸いした。いや、最初からそれが狙いだったとでも言わんばかりであり、ワープにおける磁場の干渉《かんしょう》もギリギリ回避できる距離。そのわずかなタイミングを狙い、ステラは駆逐艦を突撃させた。

駆逐艦隊はワープアウトと同時に急速離脱と魚雷をありったけばらまく。全弾使い切る勢いで射出された魚雷はまるで獲物《えもの》に食《く》らいつく肉食魚のように巨大な艦艇の腹を食い破る。

では、対するアレス・デラン艦隊はどうか。

突然のワープアウトによる奇襲《きしゅう》。それはあまりにも大胆で、危険が伴《ともな》う。こんなことは実戦ではできない。いや仮に行ったとして、駆逐艦の被害が大きい。

同時に自らの陣中に現れた駆逐艦隊は近すぎる。迎撃をしようにも友軍に攻撃が当たる。それは一瞬の躊躇《ためら》いを生んだ。

だから、アレスは反撃出来なかった。己《おのれ》の艦隊への攻撃を躊躇《ちゅうちょ》したから、至近距離……いやもはや密着した状態での魚雷の直撃を受けることになる。

消失するアレス艦隊を見ながら、リリアンは残る敵の掃討を開始した。

「主力が分断された時点でおしまいよ」

難を脱した右翼のデランが率いる空母が取り急ぎ残存艦隊をかき集め、陣形の再編成を行っているのが見えるが、もはやそれは艦隊という集団ではなく、寄せ集めでしかない。

守りを失った空母艦隊ほど脆いものはない。

そして明らかに爆撃機の動きも鈍《にぶ》い。今、デランは混乱の中にいるのだろう。

(実戦を知らない坊《ぼう》や。焦るのはわかるけど、味方が落とされる可能性を考慮していない時点であなたたちの敗北は決まっていたわよ……どっちにしろね?)

重粒子の光が瞬く度《たび》に爆撃機が、シールド艦が、空母が爆炎《ばくえん》を上げる。

勝敗は、誰の目にも明らかだった。

＊＊＊

(なるほど……これが、勝利)

ポッドから出ると、観客たちは唖然《あぜん》、茫然《ぼうぜん》、とにかく言葉を失っていた。

未だに結果が信じられないと言った具合だろう。

かくいうリリアンは、ほんの少しだけ浮かれていた。

たとえシミュレーションであっても、たとえ隣《となり》に未来の元帥閣下がいたとしても、帝国の期待の星である二人の少年に勝った。

もっと言えば、かつての人生では味わうことが出来なかった勝利という栄光にようやく浸れた。

(賛美はなくとも、結果は残る。個人的な気分は良いものね)

さて、勝者がいれば敗者もいる。反対側のポッドからは二人の少年が、見るからに顔に影《かげ》を落として出てきた。

見ればわかる。アレスもデランも納得がいかないという顔だ。

「あれはなんだ！」

口火を切ったのはアレスだった。

まるで地面を踏《ふ》み鳴らすかのように大股《おおまた》で、肩を震わせながらやってくる。

「あのような戦い方！　将兵を捨て駒《ごま》にするかの如き戦いだ！」

「死んでないじゃない。ゲームで人が死ぬとお思いかしら？」

「ゲームだと！　これは模擬戦だ！」

「じゃあそれでも人は死なないわ」

「う、く……それは屁理屈《へりくつ》だ！　実戦であのような戦いが……」

アレスはまだ若かった。それゆえに潔癖《けつぺき》なところがある。己の家柄に対する誇《ほこ》りもあるだろう。その為に、認めることの出来ない敗北に関しては引き下がることが出来ないでいた。

それは決して悪いことではない。生きているからこそできることだし、そこから反省点を見出《みいだ》せるのもまた、一つの答えだからだ。

「通用するはずがない！」

「アレスさん、喧嘩《けんか》をする前にあなたたちは言うことがあると思います」

そんなアレスの前に立ち、毅然《きぜん》と言い放つのはステラであった。

彼女はバツが悪そうにしているデランの方にも視線を向けながら続けた。

「約束したはずです。私たちが勝ったら、さっきの失礼な態度を謝る。まずは先にそれをしてください」

「う、それは……」

ステラにジッと見つめられ、アレスは思わず視線を背《そむ》けていた。

「なぁもういいじゃんかよ。負け負け。謝ってしまう方が早い」

一方で、一番かみついてきそうなデランはやけに素直《すなお》だった。

一日に二度も完璧な敗北をすれば反論する気力も失《う》せるというものだ。

「すまんかったな。言い過ぎたよ。実際やられたしな」

「クッ……申し訳ない」

自分が納得できないのになぜ謝罪をしなければいけないのかという感情もあるが、ここで無意味に食い下がり、礼を失するような態度を取れば、それこそ家名に傷がつく。

アレスは激情家かもしれないが、軍人であり、かつては皇室の親衛隊をも務めた自らの家系の重みを理解しており、これ以上食い下がるのは、名誉を傷つけることに繋がることを悟り、納得はいかずとも、矛《ほこ》を収める。

「よかった。これで一件落着ですね！」

すると、先ほどまでの姿が嘘《うそ》のようにステラは満開の華《はな》のような笑顔を見せた。

しかし。

「何が一件落着よ！」

ことが全て終わろうとした矢先、フリムの雷《かみなり》が再びステラに向けられていた。

「ひぇ！　ふ、フリム……怒らなくてもいいじゃない」

「あのねぇ。勝ったから良いものの、もし負けてたらどうするつもりだったのよ。ルゾールさんにも迷惑《めいわく》がかかるかもしれなかったのよ！」

「うぅ……でも、やっぱりあぁいうのって駄目だってお父ちゃんが言ってたし……」

「お父さんを言い訳にしない。決闘する必要はなかったでしょう」

若手の星を手玉に取った少女とは思えない姿がそこにはあった。体を縮こませて、ほんのちょっぴり涙目《なみだめ》になった小さな女の子のようだ。

「まぁまぁ、良いじゃないか。結果が全て、終わりよければ全て良し。いやぁ驚いたねぇ。ステラ、君はやっぱり天才だ！」

そんな空気を打ち壊《こわ》すように拍手《はくしゅ》をしながら姿を見せるリヒャルト。

彼はすすっとステラとフリムの間に割って入ると、どこか芝居《しばい》がかった仕草で、ステラの右手を取った。

「卒業したら、ヴェルの艦隊にこないかい？　君なら良い仕事が出来ると思うんだよね」

「ファウラー様。ご冗談はそのぐらいにしてくれませんか。ステラは整備班です。あなたの遊びにつき合わせないで」

ステラを叱っていたと思えば、今度はステラをかばうようにリヒャルトを引きはがすフリム。

特に抵抗《ていこう》しないまま、リヒャルトは二人から離れると、小さく首を左右に振ってやれやれと呟いていた。

その二人のやり取りを見ながら、リリアンは先の戦いの前にも同じやり取りがあったことを思いだす。

（会話の流れから察するに、二人はかなり親しい間柄のようだけど。恋人《こいびと》？　いや、そういう空気でもないか）

今更《いまさら》ながら、自分は思った以上に彼らの交友関係を知らないようだ。

（あんまり友達《ともだち》、いなかったものね、私）

取り巻きはいたが、あれを友と果たして呼んでいいのかどうか。

いや、中には友人と呼べるような子がいたはず。多分。きっと。

「全く。僕は僕のやるべきことをやっているだけさ。才能あるものは活《い》かさないと。そういう意味では……」

「嘘を言わないでください。どうせ、また賭《か》け事の元締《もとじ》めをしていたのでしょう」

「ま、まさか。僕は貴族の息子《むすこ》だよ？」

フリムの追及《ついきゅう》にリヒャルトはひきつったような笑みを浮かべていた。

「あぁ、そういえば聞いたことがあるわね……学内で賭博《とばく》をしている人がいるって。まさか」

リリアンも噂《うわさ》程度には聞いていた。とはいえかつてはそんな噂など気にもしていなかったので、ついさっき「言われてみればそんな話もあった」と思い出した程度だが。

しかし、どうやらこの反応から察するに、フリムの追及は正しいようだ。

「さぁ、みんな！　もうじき月に到着《とうちゃく》する頃だ。あと三時間ぐらいあるけど。さぁさぁ、楽しい模擬戦はここまでだ。アレス、デラン、僕たちも行こうじゃないか。ヴェルに嬉しい報告も出来るからねぇ！　そうしよう、そうしよう！　それじゃステラ、また一緒に遊ぼうね。アデュー！」

早口でまくし立てながら、リヒャルトはアレスとデランの腕をつかんでそそくさと出て行った。

「あ、逃《に》げ足の速い！」

反射的に腕を伸《の》ばすも、空を切るフリムは額に手を当てて左右に首を振った。

「あ、あはは……えぇと、私も仕事に戻りまぁす……」

そんなタイミングでステラもそろり、そろりと逃げ出す。

フリムはちらりと彼女の方もみやったが、もう追いかけるつもりもないらしい。

ギャラリーもそれなりにはざわつき始めていた。

視線が痛い。リリアンはこの場に留《とど》まることが良くないと感じ始めていた。

「とにかく、移動しましょ」

「あ、はい……」

「それではみなさん、ごめんあそばせ、オホホ」

わざとらしく笑い声を作りながら、逃げるようにレクリエーションルームを後にする。

しばらくは無言のまま、お互い足早に廊下《ろうか》を歩いた。

「まぁなんていうか。ステラのことは怒らないであげてちょうだいな」

無言のままというのも嫌だったので、リリアンは何か話題はないかと思い、口にしたのがその話だった。

「何となくわかるわよ。良い子なんでしょ、あの子。底抜《そこぬ》けに」

「お調子者なんです……」

普段はおとなしく見えるけど、意外な側面だ。

「付き合いは長いの？」

「中等部からです。あの子が編入してきてからの」

それも意外だった。

というか、ステラが編入生だったこともリリアンは知らなかった。

本当に自分は何も知らない。

「編入？」

「ええ、あの子、元々はコロニー惑星《わくせい》の生まれみたいで。お父さんが駆逐艦の整備士をしていたとか。そこから出戻りで、地球に帰ってきて整備工場を経営しているんです」

元軍属の身内というのなら、ありえない話でもない。

「へぇ……あ、だから整備科にいるのか。でも、あの子のあの才能……」

「ゲームがうまいだけです。それは認めます。さっきのシミュレーションと似たようなゲームを地球でもよく遊んでいて、実はちょっと有名だったんですよ。オンラインで、ランキングに載ったことがあるんです、あの子。それで、その、リヒャ……ファウラー様に連れられたガンデマン様たちとゲームセンターで出会って、その……」

「ぼこぼこにしたと」

「ぼこ……まぁ、そうですね、はい」

あぁなるほどねと、リリアンは色々と納得した。

ヴェルトールが一般市民の娯楽場であるゲームセンターにわざわざ足を運ぶとは思えなかったが、リヒャルトやデランのあの性格ならそういうこともあるかもしれない。

「それ以降、ファウラー様はステラに目を付けていて。ガンデマン様も少なからず……ファウラー様ほどがっついてはいないようですけど。あと、あの子自身がそういうの好きだし……困ってしまいます」

「あの子の妙に広い交友関係の謎《なぞ》はわかったけど、あなたは？」

「え？　私、ですか？」

「うん。なんか、リヒャルトと知り合いというか、親しい間柄に見えたけど」

「……」

あからさまにフリムは表情を曇《くも》らせた。

それで、なにか複雑な関係なのだろうということが察せられた。

当初の予想通り、恋人なのかはたまた婚約者《こんやくしゃ》なのか。

「わかった。もう聞かない」

「え、あの」

まさかそういう返答になるとは思っていなかったのか、逆にフリムは困惑《こんわく》していた。

「言いたくないこともあるんでしょう。なら無理に聞かない。ちょっと気になっただけだし、他人のプライベートを根掘《ねほ》り葉掘りというわけにもね」

「なんだか、気を遣《つか》わせてしまったみたいで」

「私も無遠慮《ぶえんりょ》だったわ」

反応からして、並々ならぬ関係なのは理解できた。今はそれだけで十分だろうとリリアンは判断する。

「さて、そろそろあなたも医務室へと戻る頃合いじゃない？　あと三時間とか言ってたし。悪いわね、なんだか妙なことに巻き込んだ形になって」

「いいえ、こちらこそ……どっちかと言えば私というか、ステラの方が」

「良いのよ。若獅子君たちの鼻をあかせて、気が晴れたのも事実だし。それじゃ。気を付けてね。医務科には私の方から連絡《れんらく》しておくわ。私につき合わせたって」

「はい。ルゾール様も、お気を付けて」

お互い、軽い会釈《えしゃく》の後に、その場で別れた。

運命の時間は刻一刻と迫《せま》っている。

数か月の漂流《ひょうりゅう》生活が始まる。前世界では犠牲者《ぎせいしゃ》なしという奇跡で、地球へと帰還《きかん》できた。なら、今回も同じ結果になるだろうか。

「あの子たちに任せておけば、まぁ大丈夫でしょう」

しかし、細かいことではあるが、歴史は変化している。

さっきの騒動《そうどう》が、良い方向か悪い方向か。違いをもたらすのであれば、自分はどうしたら良い。出しゃばらないなどと決めた割には、目立ったことをした。

「それこそ、今更の話ね」

なるようにしかならない。

「あ、そうだ」

リリアンはふと、思いついた。

「艦橋に行こう」

艦の中枢《ちゅうすう》たる艦橋へとリリアンは向かう。

何かがあっても、そこにいれば最低限の対応はできるはずだから。

第四章　ファーストコンタクト

ティベリウスを含《ふく》め、演習に使われる艦《かん》はコントロール艦からの外部操作による遠隔《えんかく》航行故《ゆえ》に一部の機能にロックが掛《か》かっている。

当たり前だが、各種兵装は一切《いっさい》使えない。たとえ管制室だろうが、艦橋だろうが、それこそ銃座《じゅうざ》につこうがそれは変わらない。

しかし、艦のメインシステムそのものは機能している。そうでなければ航行も出来ないし、艦内に酸素や人工重力も発生しない。

艦橋であれば、各種システムの状《じょう》況《きょう》を確認《かくにん》することができるのだ。もとより少人数による操艦を可能とする性質上、簡易的ではあるがここから全体の管理も可能となっている。但《ただ》し当然であるが、機関室などは直接スタッフがいなければ完全な運用は出来ない。

「さて、果たして艦橋に入れるのかどうか。一応、機密の塊《かたまり》みたいな場所だし」

ロックが掛けられているとはいえ、艦全体の要となる場所。いくら地球帝国《ていこく》が平和ボケしているからと言って、そこまで緩《ゆる》いというわけでもないだろう。

しかし、リリアンも単なる思い付きで向かっているわけではない。ワープをする際、最悪艦橋から緊急《きんきゅう》的な処置で実行できるシステムが帝国軍の艦艇《かんてい》には搭載《とうさい》されている。

本来なら各セクションが細心の注意を払《はら》い、準備するものだが、例えば脱出《だっしゅつ》を図《はか》らねばならない場合などはその限りではない。

「ティベリウスとその同型艦、そしてここ数年で開発された主力戦艦級は少人数での運用を視野に入れているから、艦橋の支配権を奪《うば》われたらそれでおしまいという弱点もあるのよね。馬頭星雲人《ばとうせいうんじん》が白兵戦を仕掛《しか》けてきたなんて話は七十九年の人生で聞いたことも見たこともないけど」

艦に乗り込《こ》む前に、考えていた疑問。

そもそもなぜティベリウスだけがワープ事故を起こしたのか。演習場所である月面基地に向かう際、演習艦たちは確かに小規模ワープを実行する。だがそれはコントロール艦のワープに牽引《けんいん》された形である。

ティベリウスたち演習艦がワープをするわけではなく、それこそ物理的にワイヤーや接舷《せつげん》用のレールなどでお互《たが》いを固定し、一つの艦として連れていってもらう。

これは航行不能になった艦などを救出する際にも利用される方法だ。

そして演習艦がそうされる理由は簡単で、学生が不慣れな操作をして、どこかへ飛んで行かれたら困るからだ。

自分たちはまだ学生。本物の戦艦に乗り込んでいるとはいえ、正式な軍人ではない以上、そういった実戦的なシステムの操作はまだ制限される。

「まさかコントロールしている艦にスパイが？　それだともうお手上げなのだけど」

その可能性はなくはないが、リリアンとしてはティベリウス内部にスパイがいる可能性を捨てきれていない。

根拠《こんきょ》としては、ワープ事故の後、なぜ都合よくティベリウスの前に敵艦が現れたのかという点である。

偶然《ぐうぜん》という言葉で済むほど、宇宙は狭《せま》くない。これから向かう宙域が敵の支配領域であり、監視《かんし》などに引っかかったというのであれば説明は付くのだが、今度はなぜ都合よく敵の支配域にいたのかである。

あらゆる要素を偶然の一言では説明できない。

「とはいえ、事故を阻止《そし》すると、帝国は敵の存在を知ることが出来ないし。仮に、スパイとやらを押《お》さえたところで、しらを切られたらそれまでなのよね。というか、逆に私が怪《あや》しまれかねないわ」

これから起きる事故を予想していたという動きは、何も知らない者からすれば一番怪しく映るだろう。

なぜワープすることがわかっていて、そのスパイとやらを捕《と》らえることが出来たのだ。敵の存在も何も判明していない状態で、いかに参謀《さんぼう》総長の娘《むすめ》であろうと学生が、そんな大きな情報をどこで掴《つか》んだのか。なぜそれを父に伝えなかったのか。

どう考えても状況はこっちが怪しくなるものばかりだ。実際、説明が付かない。

それに、ワープを阻止して、この人は敵の宇宙人ですと言ったところで誰《だれ》が信じようか。

「本当、夢みたいな話よね」

リリアンは思わず苦笑《くしょう》した。

地球暦《れき》四一〇三年現在。地球に中世の頃《ころ》のような貴族主義が復権したのは、過去の文明の保全活動などが重なったのもあるが、混迷《こんめい》の時代には人々を導く存在が必要だったというのもある。

その結果、貴族趣味《しゅみ》が横行し、今のような形になったとされている。

とはいえ、今の中世貴族のような社会制度は西暦二三〇〇年代頃の文化が合わさった歪《いびつ》なものだが、受け入れてしまえばよくある階級社会ということで、長々と続いている。

思ったよりも人類は進化をしなかったようだ。

そして、地球暦四〇〇〇年の間、人類が接触《せっしょく》できた知的地球外生命体はなんとクジラのような生物だったとされている。その後も原生生物のようなものはいくらか植民地惑星《わくせい》コロニーで発見されたが、ヒューマノイドとの接触は一切なかった。

それがまずかった。西暦から換算《かんさん》すれば六〇〇〇年以上もの間、人類は【この宇宙で最も進化した種】であるという根拠のない自信を身に着けていた。

これだけ探しても人間に近い存在はいない。発見された生物で最も進化した種はクジラだけ。その事実が増長を越《こ》えて、胡座《あぐら》をかき始めた。

「そして頭をがつんと叩《たた》かれる出来事に遭遇《そうぐう》……と。まぁ私も、かつては宇宙人なんていないとかたかをくくっていた側だけど」

そんな存在するわけもないと誰もが思っている宇宙人にこれから遭遇する。今はその事実をどれだけ声高《こわだか》に叫《さけ》んでも誰にも伝わらないだろう。

これから起きることは恐《おそ》ろしいことだというのに。自分はその未来を知っていて、止められる立場にいるのに止めない。でも、気にはなるから様子を見に行く。なんとも矛盾《むじゅん》した行動だ。

「でも、敵のスパイが誰なのかを知ることが出来れば、こっちにとっては有益でもある……身柄《みがら》が確保出来れば敵の情報もたくさん手に入るだろうし、ワープ後の帰還《きかん》だって前よりもスムーズになるかもしれない」

そのあたりは願望である。都合よく全《すべ》てがうまくいって、そうなれば良いなという程度。なにせ相手は人類が初めて接触することになるヒューマノイドタイプのエイリアンだ。そしてワープ技術を搭載した宇宙艦隊を保有する文明人ときた。結局六十余年と続く戦争でも相手側の文明はよくわからないことの方が多かった。

しかし、スパイを確保することが出来れば相手を知ることが出来る。それは戦争勝利においては重要なファクターとなりえる。

その為《ため》にはどっちにしろ事故から生き残らねばならないという大きな博打《ばくち》でもあるのだが。

「若い頃と何も変わっていないようね、私は」

今もそうだが、思いつきで行動している部分がある。若い頃の自分はその思い付きが思案の末に出した結論だと思い込んでいたが、どうやら思い立ったら行動する癖《くせ》というのは七十九歳《さい》という精神であっても変わらないらしい。

だからこうしてあーでもない、こーでもないという考えの中で、艦橋へと向かっている。その後のことは、その後考えればいいのだから。

「うん？」

漫然《まんぜん》と通路を進み、エレベーターを経由し、上層階へとたどり着く。何やらレクリエーションルームでの噂《うわさ》が既《すで》に伝播《でんぱ》しているのか、横切る生徒たちからは奇異《きい》のまなざしやひそひそ話を向けられるが、それら一切を無視して、艦橋へと通じる道を進んでいくリリアンの視界の先に、とある二人組が映った。

全く以《もっ》てやる意味もないのに、リリアンはすすっと物陰《ものかげ》に隠《かく》れた。話し声も聞こえる。

「ですが、私なんかが……」

「良いんだ。俺《おれ》は自分の目に狂《くる》いはないと思っている」

「そ、それは嬉《うれ》しいと言っていいのかどうか」

「君は嫌《いや》なのかい？」

「い、嫌じゃないです！　でも……」

視界の先にいたのは、ヴェルトールとステラだ。

二人が向かう先は、このままいけば艦橋だ。

（あの二人……というか、あの子、また持ち場を離《はな》れてないかしら。そりゃあフリムも怒《おこ》る……いや待て、なんで二人でそこにいくんだ）

自分のことは棚《たな》に上げて、ヴェルトールとステラの様子をうかがう。

会話の内容は少し聞き取りにくい。

「でも――」

「俺は――欲《ほ》しい」

「そんな――」

「駄目《だめ》――」

などと言いつつ、二人は艦橋へと入っていった。

（……ん？　何、さっきの会話。すごく気になる）

この瞬間《しゅんかん》、リリアンは七十九歳の暇《ひま》を持て余した老婆《ろうば》の感性に戻《もど》っていた。

（何よ何よ。いかがわしい話じゃないでしょうね。人が寄り付かない場所で？　あーやだやだ、最近の子ってばそういう？　アタシだって経験ないのに）

などと思いながら扉《とびら》の前までやってくると、今度は躊躇《ちゅうちょ》する。

（いや、しかし……密会現場に乗り込むっていうのも気が引ける……）

まず、なんで今日だけで二回も二人の密会現場を目撃《もくげき》しなきゃならんのだ。

そのせいで好奇心《こうきしん》が抑《おさ》えきれない。だが同時に下劣《げれつ》な行為《こうい》であることも理解する。

（や、やっぱり帰ろう。うん。若い二人に後は任せて）

「何やってるんだい君」

その時であった。

「ぎゃっ！」

背後から声をかけられたリリアンはカエルがつぶれたような声を上げて驚《おどろ》き、前のめりに飛びのいた。

と、同時に、ロックがされてなかったのか扉は勢いよく開く。当然、リリアンの体は艦橋へと倒《たお》れこむのだ。

「あ！」

その内部にいる、若い二人……はメインモニターを眺《なが》めていたらしく、そのモニターには黒髪《くろかみ》の美男子が大きく映し出されていた。

「なっ！　ルゾール！　それに、リヒャルト？」

「え？　ええ？　お二人とも、なんでここに？」

ヴェルトールとステラは二人して目を丸くして突然《とつぜん》の闖入者《ちんにゅうしゃ》に驚く。

ついでに、どうやら自分に声をかけたのはリヒャルトのようだった。彼《かれ》もまたこんなことになるとは思っていなかったようで、いつも眠《ねむ》たげな目が大きく見開かれていた。

「いやぁ、僕《ぼく》はルゾール嬢《じょう》が、扉の前で右往左往してたから、声をかけて……」

『はっはっはっは！』

すると、モニターに映る美男子が大声で笑った。

『ヴェルトール。君、もしかしたら密会していると思われたのではないか？　はっはっはっは！』

「は、え、そのようなことは！」

焦《あせ》るヴェルトール。ステラは顔を赤くしてうつむいて無言。

それを見てさらに笑う美男子。

「ゼノン殿《どの》、ご冗談《じょうだん》はやめていただきたい！」

モニターの男。当然リリアンは知っている。

月面基地司令。ゼノン・久世《くぜ》少将閣下。演習の監督役《かんとくやく》である。

＊＊＊

「ルゾール！　君はなぜここにいる⁉」

展望デッキの時とは違《ちが》いヴェルトールから感じるのは若者特有の恥《は》ずかしさからくる焦りの声だというのはすぐにわかる。

「いえ、なんと言えばいいのか。少将閣下の言う通りというか」

事実、リリアンが二人の後を付けたのは妙《みょう》な会話をしていたのを見つけてしまい、その野次馬《やじうま》としてついてきたというのがある。

なので先ほどのゼノン・久世少将の言葉は正しい。

密会を疑った。全く以てその通りなのだ。

「い、言う通りだと……破廉恥《はれんち》な！」

何を想像したのやら、ヴェルトールも顔を赤くしていた。

「若い男女が二人きりでこっそり人の寄り付かない場所に行けばそりゃあ疑うでしょう？」

『ウム。それは道理だな』

と、ここでゼノン少将からのまさかのフォロー。

「ゼノン殿、いえ、少将閣下もおやめください」

一応は目上の人物の前だったことを思い出したのか、ヴェルトールは多少、冷静さを取り戻し、咳《せき》ばらいをしながら、リリアンへと顔を向ける。但し視線は若干泳《じゃっかん》いでいた。

「何やら行き違いがあったようだが、君の思っているようなことはない。私はただゼノン少将閣下にご挨拶《あいさつ》をと思っただけだ。演習の監督もなさるお方だからな」

「あぁ、なるほど……？　でも、艦橋のシステムって今オフラインじゃ」

その疑問に答えたのは、なし崩《くず》し的に艦橋に入ることになったリヒャルトだった。

「通信機能は使えるよ？　さすがにそれまでオフにしたら緊急の連絡《れんらく》が出来ないじゃないか」

「それもそうか……いやそれはよいとして、なんでまた、ステラが」

別に、挨拶をするというだけなら彼女《かのじょ》がいる必要はない。

「むっ、それは……」

「売り込み。だよね、ヴェル」

「おい、リヒャルト」

二人のやり取りを聞けば大体のことは察せられる。

（なるほどね。ステラがいつの間にか艦隊勤務していて、巡洋艦《じゅんようかん》の指揮を執《と》るルートはここで出来上がっていたのか。さしずめ、彼女の才能を知ったヴェルトールが売り込んだというわけか）

これで色々と合点《がてん》は行くというものだ。

ゼノンは少将であり、月面基地の司令。

たとえ、それがお飾《かざ》りであろうとも、人事を通すぐらいの権力はあるということか。

（顔の良いお飾り司令……）

ゼノン・久世。弱冠二十歳《じゃっかんはたち》で帝国軍少将にまで上り詰《つ》めた秀才《しゅうさい》。家柄も良く、血筋としては皇帝陛下とゆかりがあり、実は皇位継承権《けいしょうけん》も持つ。さすがに順位は下から数えた方が早いと言われているが、皇帝の分家とも考えれば十分すぎる程《ほど》の権力と地盤《じばん》を持っていることになる。

と、ここまではポジティブな内容だが、実態はその立場から特に大きな功績を上げることもなく、さりとて適当な扱《あつか》いをするわけにもいかず、それならばとあてがわれたのが月面基地の司令という立場である。

しかも月面基地の司令と言えば聞こえはいいが、月面基地に所属する戦力の殆《ほとん》どは帝国本土の司令部所属なのである。

そこの総司令を務めるのがアルフレッド・ケイリーナッハ大将である為、何か有事があればこの月面基地の全戦力はゼノンの指揮から離れてしまう。

つまり、お飾りの司令官である。一応、月面には都市も存在し、殆どが富裕層《ふゆうそう》に向けた一種の観光施設《しせつ》と化している。同時に艦船製造の工場なども存在し、重要な拠点でもあるので、全くの無能が治められるというわけでもない。

ただ少なくともゼノン・久世少将が行う業務は軍人のそれではなく会社社長に近いものが殆どであり、およそ軍隊のような仕事をしたことは無いだろうと言われている。

実際、前世においてもリリアンの記憶《きおく》ではゼノンが何か戦況に大きく関わる仕事をしていた姿は見たことが無い。

決戦の敗北の後、帝国内部で大がかりな権力闘争《とうそう》があり、それに敗れて左遷《させん》させられたとも処刑《しょけい》させられたとも聞くが、リリアンが三十代になる頃にはもうその名前を耳にすることはなくなっていた。

それほどまでに記憶に薄《うす》い男だ。

ただ唯一《ゆいいつ》記憶にあるのは、顔が良いという点だろうか。

(政治が乱れ、乱心した当時の皇帝……今の皇太子殿下《でんか》をその座から引きずり下ろそうとしたとも、帝国制を打倒《だとう》する為に反乱を企《くわだ》てたとも言われていた気がする。というか、ゼノン・久世少将を表《おもて》舞台《ぶたい》から引きずり下ろしたのは……)

リリアンは未《いま》だに顔を赤くしてもじもじとしているステラを見た。

(この子なのよね)

前世において、ステラとゼノンがどのような関係性にあったのかはわからない。

今の状況を見るに、ヴェルトールの手引きで顔を合わせたということになるが、一体それがどういう変化をすれば、敵対することになるのか。

(いやまぁ、冷静に考えればあの世界のステラが軍の実権を掌握《しょうあく》してる時点で、邪魔《じゃま》だったから始末したと考えれば色々と話もかみ合うけど……それは最悪の未来の話)

少なくとも、この時期の出会いは悪いものではなかったのだろうと思う。

「でも丁度よかったよヴェル。実はステラ以外にも君に紹介《しょうかい》したい子がいてね」

ふと、リヒャルトはいつもの笑《え》みを絶やさない顔をリリアンに向けて言った。

「この子、中々よかった。君にも見せたかったよ。ステラと組んでアレスとデランを手玉に取ったんだ」

「なに?」

リヒャルトの発言に、ヴェルトールも反応を変えた。

だが、一番反応を示したのはゼノンだった。

『おや、そのステラというお嬢さん以外にも君たちが認める程の者がいるのかな?』

「はい。閣下。こちらのルゾール嬢は、ステラ嬢と組んでアレス、デランをいともたやすく撃破致《いた》しました。シミュレーションでの模擬《もぎ》戦ではありますが、あれは見事な戦いであったと確信しています」

リヒャルトは頭を下げ、ゼノンへと報告した。

「おい、本当なのかリヒャルト」

にわかには信じられないと言った具合に、ヴェルトールがリヒャルトへ小声で耳打ちしていた。

「ほ、本当です!」

なぜか答えたのはステラだった。

しかも緊張《きんちょう》でもしているのか、ちょっとだけ声がうわずっている。

「り、リリアン様は、私のやりたいことをすぐに理解して、すぐに合わせてくれました! そ、そのつまり……強いです!」

「ステラ?」

当然だが、いきなりの大声に驚くヴェルトール。

「なんと言いますか、とても冷静な方です！」

「冷静……？　ルゾールが？」

「それが本当なんだよヴェル。あとでデータを送るよ」

『フフフ、今年はどうやら優秀《ゆうしゅう》な人材が豊富なようだな？　嬉しい限りだ。リヒャルト、そのデータは私にも貰《もら》えるのかな？』

「ハーァッ！　ただいま！」

リヒャルトは敬礼の後、「失礼」と言いながら自分のタブレットを操作する。

『ン。これは後で見せてもらおう。さて、まずはヴェルトールの話だが――』

刹那《せつな》。通信に乱れが生じた。

『――うした⁉　ティベリウスから――暴走――』

瞬間、モニター通信はぶつりと消えた。

「なんだどうした！」

「ヴェル、見て、計器類が！」

「馬鹿《ばか》な！　ティベリウスのメインシステムが、起動している！」

ヴェルトールの驚愕《きょうがく》の声は当然だろう。

外部からコントロールを受けているティベリウスのメインシステムが勝手に起動している。それは本来ありえないことだ。

だが問題はそれだけではない。

「どういうことだ。操作を受け付けん。リヒャルト、そっちはどうだ」

「ダメ。完全にシステムが起動している。キャンセルがきかない！」

二人は艦橋の各種操作パネルを確認しているが、原因が何もわからないようだ。

ステラはステラで混乱しているのか、なぜかリリアンへと抱《だ》き着いてあたふたとしていた。

リリアンはそんなステラの抱き着きに対しては何も言わず、しかし、その状況が何を指しているのかは理解していた。

（ついに……来てしまったのね）

それが、ワープ準備に入っていることをリリアンだけは知っている。

そして、これがティベリウス事件の始まりであることを。と同時に、地球と異星人による星間戦争への引き金となることを、リリアンは、知っている。

でも、止めない。止めてはならない。なぜならこの事故は必要なことだからだ。

それでも、疑問が無いわけではない。

（前よりも……早い）

ワープする時間が、思っていたよりも早い。

それは単なる自分の思い違いで、前世でもワープは今のタイミングだったのかもしれない。

だが今はそのようなことは全て脇《わき》に置いておけばいい。

重要なのは、これからのこと。ティベリウスを待ち受けているのは、三〇〇光年の旅。

まばゆい光が周囲を包み込む。

「これは、まさかワープか！」

「ダメだ止まらない！」

ヴェルトールとリヒャルトがなんとかしようとしても無駄だ。

「お、お父ちゃん！」

ステラの悲鳴。

同時に、光は最高潮に達し。そして。

＊＊＊

ワープは完了《かんりょう》する。

艦内にはほんの少しの衝撃《しょうげき》があったことだろう。ワープブレーキというもので、ワープ直後の不安定な艦体を各部の推進機関などが自動で調節する機能が働いたのである。

そこに人工重力が合わさり、艦内に小さな振動《しんどう》が起きるというわけである。

「馬頭……星雲」

いつの間にか全ての機能がオンラインとなり、艦橋の強化ガラスの向こう、そしてメインモニターに映し出された宇宙空間の光景。

そこに映し出されていたものは……約七光年にも及《およ》ぶ超巨大《ちょうきょだい》な暗黒星雲。

その名の通り、まるで馬の頭部を模したかのような黒い影《かげ》。それはガスや宇宙塵《ちり》が恒星《こうせい》などの光によって照らされ、浮《う》かび上がるもの。

だがリリアンは知っている。モニターの向こう側。果たして何百光年離れた場所に位置するのかわからないが、あの星雲が……敵の本拠地であることを。

そして、もうじき、そこから敵が来ることを。

(あぁ、きてしまった)

遥《はる》か数千年の昔から、その星雲は奇跡《きせき》的に……それとも意図的にか、形を大きく変えることはなかった。

無数の超新星を生み出し、死にゆく星を内包し、宇宙を揺蕩《たゆた》う暗黒星雲は、まるでこちらを見下ろすかのようにそこに存在する。

そして、その影の向こう……もしくはその中に。彼らはいる。

だから、思わず叫んだ。

「警戒《けいかい》態勢！　レーダーを起動させて！」

敵が、来る。


それはもはや身に染《し》みついた癖である。

たとえ左遷であろうと辺境宙域で無意味なパトロールを続けていようと六十年もの間、艦を指揮してきた者の当然の行為。

時には一人で警戒レーダーとにらめっこして、怯《おび》えていた時期もあった。簡易自動化され、少人数での運用が可能となった未来の艦で、まともな人員も寄こされず、酷《ひど》い時にはたった数十人の乗員で重巡洋艦を動かし、宙域へと送り込まれたことだってある。

だから艦橋における機能の殆どを、リリアンは一人で操作することが出来る。地球帝国軍のよいところは細かい運用方法が変化していないことにある。

その時の経験が生きているというのは皮肉かもしれなかった。

「ぼやっとしていないで。何が起きたのかを把握《はあく》することが先決でしょう」

突然のワープによって、艦橋にいた面々はリリアン以外茫然《ぼうぜん》としていた。

起こりうるはずのない事故。目の前に広がる見たこともない宇宙の景色。何より、超巨大な暗黒星雲が、たとえその一部分であろうとも、視界に捉《とら》えたならば、それは圧倒《あっとう》的な威圧感《いあっかん》を与《あた》え、言葉と思考を奪い去る。

「な、なんですか……あれ……動物の、頭……」

「馬鹿な。馬頭星雲が、こんなに巨大に見え……お、オリオン宙域なのか！」

「ヴェル……」

たとえ、エリートであり将来を期待された者であろうと、天才的な軍師の才能を持っていようと、彼らはまだ十八の子供なのだ。

同時に半ば癖でそのようなことをしてしまった自分がいることにも驚いている。

出しゃばらないと言っておきながら、自分はなんとも目立ちたがり屋だ。

（とか言ってる場合じゃないのも事実なのだけどね）

リリアンは一通りのレーダーを起動させた後、今度は別の端末《たんまつ》を操作し、艦のシールドシステムを起動させる。これは、不測のワープを行った際に必ず行うべきであるという経験則からだ。なにせ、突然スペースデブリが飛んでくる場合だってある。小隕石帯《しょういんせき》の眼前にワープアウトしたことだってあった。

結果、船体に酷い損傷を負うことになった。シールドを展開すれば、それらの事故から艦を守ることにも繋《つな》がる。

当然、不意の奇襲《きしゅう》にもだ。

(前世では奇襲によってティベリウスのスラスターが一基不調となった。サブだったからよかったものの、今回だって都合よくそっちが壊《こわ》れるとは限らない)

前世では人的被害《ひがい》の出る区画を攻撃《こうげき》されなかったから大丈夫《だいじょうぶ》。

などと楽観視する程、リリアンはもうお気楽ではない。

(爆発《ばくはつ》の影響《えいきょう》まで前の通りなんて、そんな都合の良い話があるものか。とはいえだ)

リリアンが抱《いだ》いた疑問の一つ。

敵はこちらを落とそうとは考えていない。拿捕《だほ》するつもりだったかもしれないという根拠のない推測。だから、スラスターを狙《ねら》った可能性もある。

仮にそれが本当だとしても、結局は推進機関を狙われてしまえば逃《に》げることも戦うこともできない。

それに、その損傷でかつての自分は本当に愚《おろ》かな行為をして、本来予定されていた帰還航路を外れてしまったことがある。

（あぁ。あとで整備科の人たちに脱出艇《てい》の管理を厳にしてもらわないと）

恐怖《きょうふ》に駆《か》られた、一部の現実が見えていない愚か者が意味もなく脱出艇を使って逃げようとすることがあった。主犯はもちろん過去の自分。あの時は賛同者も多かったが、さすがに今はそれをやろうなどとは思っていない。

だが、賛同者が多かった事実を踏《ふ》まえれば、自分じゃなくても誰かがやるだろう。

そのことも頭の片隅《かたすみ》に残しつつ、リリアンは次に操舵《そうだ》席へと移動して、艦を回頭させるべく、操舵を行う。

これも、前世で取ったなんとやらというものだ。

ゆっくりと馬頭星雲に後部を向ける。ただし、まだメインエンジンの始動はさせない。さすがにそれをこの艦橋から行うのは混乱を加速させるだけだった。

（それに、ついぞ航海士の知識だけは得られなかったものね、私）

ここから地球に向けての正確な航路をリリアンは知らないし、それを求めるだけの知識もない。この事故以外で地球の支配領域から出たことがないので、その点に関してだけは自動航行に頼《たよ》っていた弊害《へいがい》である。

とはいえこれらの操縦は指揮官クラスであれば最低限出来なければいけない必須《ひっす》技術でもある。最終的には専門のスタッフに任せるとは言ってもだ。

（さすがに火器管制を弄《いじ》るのはまずいか。レーダーを長距離《ちょうきょり》に切り替《か》えておけば早期発見ぐらいは

可能でしょう。敵がステルスを持っていたらおしまいだけど）

その為のシールド展開ではある。

「ルゾール、君は……」

「てきぱき……かっこいい……」

反応は様々。ヴェルトールは唖然《あぜん》とし驚き、ステラは感動している。

「さて……最後の仕上げは」

リリアンは通信士の席に移動すると、艦内に緊急警報を発令させ、艦内用の回線を艦長席へとまわした。

「ヴェルトール。艦内放送よ。あなたが伝えて。演習で予定されている部署へそれぞれの生徒は移動。仕事を始めさせて。あなたの声なら、みんな従うわ」

「あ、あぁ」

混乱の中にいたヴェルトールではあったが、平静を取り戻すのが早いのもまた彼だった。とはいえ多少は面食《めんく》らった様子であり、混乱は収まっても困惑《こんわく》は残っているようで、リリアンに促《うなが》されるまま、艦長席のマイクを手に取るも、ほんの一瞬だけ、声を出すことをためらっていた。

そんなヴェルトールの顔色をうかがうように、リヒャルトが横に立つ。

「待つんだルゾール。この状況、異常すぎる。ヴェルも、僕も、おそらくみんな混乱しているだろうし……」

リヒャルトはまだ落ち着かない様子だった。

「こんな状態じゃ、下手に動く方が危険かもしれない」

「だから、じゃないですか？」

そのステラの声は妙に落ち着いていた。

「ヴェルトールさんの声を聞いて、冷静になった人だけでも動いてくれないと。今はとにかく、艦を動かすことが重要なんだと思います」

「しかし、下手に移動してはそれこそ危険ではないのかい？　僕たちは卒業するとはいえ、まだ学生だ。訓練された兵士じゃない。パニックを放置するようなことになってはあとが大変だ」

リヒャルトの意見もまた一理ある。

現状は一言で説明するならば【極限状態】である。ついさっきまで、平穏《へいおん》だった航海が突如《とつじょ》として見知らぬ宙域に飛ばされたのだから当然だ。

さらに、この艦は敵と遭遇する。さすがにそれを知っているのはリリアンだけではある。だから、シールドと回頭、レーダー以外の操作がかえって出来なかった。

「落ち着く為にも我々は安全が確保された場所を探さなければいけない。それに、体を動かしている方が落ち着くこともある。最低でも、この艦橋には人を集めなければならん。幸い、ティベリウスは少数運用可能な艦だ」

ヴェルトールは何度目かの深呼吸をして、放送を流す。

「ティベリウス艦内の生徒諸君に通達する。我々は原因不明のワープ事故により、現在、オリオン座方面宙域と考えられる場所へとたどり着いた。これは演習ではない。だが、これまで諸君らが学んできた知識は、この広大な宇宙へ進出する為のものである。各員、演習にて定められたセクションへと移動。順番は関係ない、各々《おのおの》が行うべきことを果たすように。各艦橋スタッフは大至急集合せよ。これより周辺宙域の詳細《しょうさい》調査及び航路算出を行う」

その後もヴェルトールは艦内放送を続ける。時に淡々《たんたん》と事実を述べ、時に鼓舞《こぶ》するように言葉を投げかける。

恐らく艦内では大きな混乱こそ起きているだろうが、放送を聞いて、騒《さわ》いだところでどうにもならないことを理解した冷静な生徒が徐々《じょじょ》に仕事を行い、それを見て他の生徒たちも影響を受けることになるだろう。

（さすがはエリートと言うだけある。動揺《どうよう》は残っていても、ひとたび冷静になれば的確な判断ができる。恐らくは、私が何かをしなくてもこういう動きにはなったとは思うけど）

前世がそうであったように、放《ほう》っておいてもティベリウスは地球へと帰還するだろう。ここには優秀な人材が揃《そろ》っている。

しかし、既に歴史は細かく変化している。自分が彼らとシミュレーションで戦った歴史も、明らかに早いワープ事故の発生も。

それは些細《ささい》なことかもしれない。だが、バタフライエフェクトという旧世紀の言葉もある。蝶《ちょう》の羽ばたきがいつしか大きな竜巻《たつまき》になるかもしれない。そんな影響力が果たして存在するのかどうかではない。

ただひたすら、生き残る為の行為を取るべきだ。

それが、六十年も艦を預かってきた人間の思考だ。
だから、リリアンは思う
（あぁ……やっぱり私は。艦が好きなのだ。だから、充実《じゅうじつ》している）
レーダーを確認する。
敵は、まだ来ない。

＊＊＊

目の前で突然、作成していた重要データが全て消えた時、人間は怒《いか》りのような感情を生み出すことがある。

「最悪」

航海科の望月《もちづき》ミレイはこの時、何か面倒なことが起きたのだろうということだけしかわかっていなかった。

青みがかった黒髪をまとめ上げ、眼鏡の奥《おく》に潜《ひそ》んだ鋭《するど》い目付きが、さらに針のように鋭くなり、ぼそりと呟《つぶや》く。

何が起きたのかはわからないとは言ったものの、航路計算室で照らし合わせていた座標データが全く別の、しかも不正確なバラバラのデータにいつの間にか置き換《か》わっている時点で大体の事情は把握した。先ほどまでいたはずの座標から大きく移動したせいで、ＡＩが一時的な混乱を示し、座標が乱れることがある。

それにワープブレーキによる小さな衝撃。

「一体どこの馬鹿がワープなんてしたのかしら」

演習で使う予定の月面航路のデータがこれでパァーになった。

まずワープなんて予定は聞いていない。なおかつ現在地点が不明ときた。作業中のデータも消えているし、こんな馬鹿げたことをした奴《やつ》を見つけたらただではおかない。宇宙服を着せて、命綱《いのちづな》一本で宇宙空間に放り出してやってもいいぐらいだ。

航路計算は緻密《ちみつ》で、繊細《せんさい》で、同時に艦の命でもある。宇宙空間は広い。その広い宇宙でせめて迷子にならないように作成しなければいけないものが航路だ。

しかもだ、航路計算室にいた他の航海科の生徒たちが耳をつんざくような悲鳴を上げた。

「ちょっと、うるさいわよ。何なのよ」

黙々《もくもく》と計算をする関係上、航路計算室は基本的には静かなものであり、ミレイもその空気が好きだった。必要最低限の音だけで済まされるやり取り、物事に集中できるし、なによりただやかましいだけの連中とは違う。

もしもこの部屋が騒がしくなるようなことがあれば、それは全く未知の航路を発見した時ぐらいだろう。

だというのに、同級生たちはなおも悲鳴を上げていた。

「いい加減うるさいのだけど。航路を修正しなおさないといけないのに。あなたたちいつまで騒いでいるつもり」

「み、ミレイさん。これ……これ、見てください」

女子生徒の一人が、計算室の中央に備え付けられた立体モニターを指さした。

「何よ、どうせ月でしょ。演習予定の場所ぐらい……」

そこには馬の頭のような暗黒星雲が映し出されている。

「嘘《うそ》でしょ……」

ミレイは努めて冷静であろうとしたが、それは無理な話であった。

そして追い打ちをかけるように、艦内放送が聞こえてくる。

その内容に、ミレイは眩暈《めまい》がしたような気がした。

「ほんと……最悪」


ミレイは艦内放送の通りに、第一艦橋と定められた上部へと向かえば、そこには各学科の班長に任命されていた者たちがいた。

ただし医務、整備、機関、補給、生活などの組はこの場にはいない。いるのは直接戦闘に関わるものが殆どだ。

「ひとまずはこの艦橋に集まってもらったが、今後は第二艦橋でもあるＣＩＣも稼働《かどう》させねばならんし、第三艦橋に当たる電算室や航路計算室、機関部、各部砲塔《ほうとう》、格納庫、他にも確認をしなければいけない箇所《かしょ》は山程あるが、今はここで最低限かつ最速で行動を起こす」

と、説明するのは暫定的《ざんてい》に艦長代理として就任したヴェルトール。暫定というのは今この瞬間においてのみというわけだが、恐らくは今後も彼が艦長役を務めることになるだろう。それに異議はない。学年、いや学園きっての秀才と呼ばれていたし、生徒会長だし、それが艦長をやるのは当然だろう。

ミレイとて、ヴェルトールという男の才能は知っているつもりだ。

「デラン、アレス。CICを任せたい。良いか？」

「了解。戦術科の連中とはよく連携《れんけい》訓練をしてたからな。むしろ気楽だぜ」

「はしゃぐなデラン。俺たちは実戦の中にいる」

そして第二艦橋として機能するCICに責任者として就任するのが、ヴェルトールと同じく才能を認められた二人。

これも特に異論はない。

事実、この人たちも優秀であることをミレイは知っている。指揮官としての教育を受けているのだから、そういう立場で動くのは当然だろうと思う。

「砲術科。コーウェン・ハッテバル。君たちはCICと連携し、主砲等の管理をお願いしたい。戦闘機科。アルベロ・ベルクロト。現状において艦載機は貴重な存在だ。出撃、運用に関しては大きく制限を設けることになるが、場合によっては危険な船外活動を行うことになる。またデランと連携し、必要であればこちらに連絡を寄こしてくれ」

なので、ミレイは次々と決まっていく配置に特別大きな不満はない。

「航海科。望月ミレイ。君の航海士としての腕《うで》には期待している」

当然、自分が緊急的な措置《そち》ではあるが、この艦の航海長として任命されるのも、なんとなくわかっていた。任されるのであれば、職務はまっとうするし、期待に応《こた》えるように努力もする。

もとより演習で同じことをやる予定だったのだし、将来もそう。

何やら状況は芳《かんば》しくはないが、やることは変わらない。じたばたしてもしょうがない。

「通信科。デボネア・エルトレス。今後は方々との連携には君たち通信科の技量が試《ため》される。君たちは各艦橋にて分散してもらうことになるだろう。また砲術科、航海科からも一名ずつ第一艦橋にて仕事をしてもらいたい。誰を派遣《はけん》するかは君たちに一任する。そして、第一艦橋のメインオペレーター。リリアン、お前に頼《たの》みたい。先ほどの手並みは見事だった。お前なら、統括《とうかつ》することも可能だろう」

その最後の任命にミレイは疑問があった。いやミレイだけではない。周囲の班長たちからも若干名、どよめいた声があった。

ここにいるものたちは、リリアンという少女のことは知っている。当然悪い意味でだ。

確か参謀総長の娘、超がつくエリートであることは当然知っているが、それ以外の、学業にせよ軍事的なセンスにせよ、何か特別秀《ひい》でたという話は聞かない。

基本的に取り巻きとお茶会ばかりしていて、戦術シミュレーションでも殆ど負け越しているような子だったはずだ。

（よくいるのよね。ただ軍学校を卒業する為だけにいる奴が）

貴族にも色々といるが、箔付《はくづ》けの為だけに学園にやってきて、特に軍の仕事もしないまま出世して、意味もなく退役《たいえき》してどこかに天下りする。今の学園の校長も確かそんな感じだったはずだ。何なら演習場所の月面基地の司令も、皇帝の親戚《しんせき》というだけで司令の座についていた気がする。

リリアンという少女はその手のタイプのはずだ。悪い意味で有名というか、才能もないのに親の地位だけで在籍《ざいせき》して卒業を許される貴族の子供は多い。

（ガンデマンたちも優秀だと思ったけど、これは貴族同士のなれ合いかしら。それとも権力に取り入る？　こんな場所で？）

そもそもオペレーターとしてつけるのならいつも副官を名乗っているリヒャルトとかいう軽薄《けいはく》そうな男を据《す》えるのであれば、わからない話でもなかった。

メインオペレーターとは総合的な判断力が要求されるのだし、それなら優秀な者がなるべきだ。

（というか、なんで整備科の子がいるのよ。班長でもないし）

それに明らかにこの場にはそぐわない生徒もいる。

こっちの子はここ最近ヴェルトール艦長代理らとよく一緒《いっしょ》にいると、航海科の生徒が噂していた子だったはず。

まさか逢引《あいびき》していたなんてことじゃないだろうな。

そんな疑念のようなものがミレイにあった。

「――以上が、現在の配置とする。我々は、困難に直面しているが、幸いなことにここがオリオン座方面であることだけは判明している」

ヴェルトールは説明を続けながらメインモニターに馬頭星雲を映し出す。

「こうしてまじまじと見ると腹の底から恐怖を感じる。だが同時にこの暗黒星雲の存在のお陰で我々はある程度の位置を特定できている。当然、地球との距離や航路に関してはこれからの調査、観測が重要となる。航海科には大きな負担をかけることになるが頼む」

最後、ヴェルトール艦長代理はミレイを見て、力強く頼み込んだ。

一通りの配置が完了すると、さしものヴェルトールも少し緊張が解けたのか、深く座《すわ》り込むように、背もたれに体を預ける。

これであとは終わり……というわけにはいかない。

「あの、質問いいですか？」

緊張が緩まる。それはある程度の冷静を得ることに近い。

そして冷静になると余計に異常なことを理解し、新しい混乱を生み出す。

その時点で、ミレイは自分がその悪循環《あくじゅんかん》のようなものに陥《おちい》っているという自覚はなかった。

「各セクションに関する配置には特にこれといった疑問はありません。ですが、第一艦橋について疑問があります」

と言いながら、ミレイはじろりとリリアンをにらむ。

参謀総長の娘が何だ。こっちは今、生きるか死ぬかという状況であって、求められるのは家柄ではなく、実力だ。

だから声を上げた。

「正直に申し上げますと、私、この方がメインオペレーターをするのがとても不安なのですけど」

気に入らないという感情もある。

だが、それ以上にこの緊急事態において、はたから見ても優秀ではない人材を重要な役職につける必要性を感じない。

そう考えるのは自然のことだ。

その証拠《しょうこ》に、通信科や戦闘機科の班長は、声には出さないが、こちらの意見に同意するような態度を見せてくれる。

「本当に失礼を承知で申し上げています。ですが、私たちって今、宇宙遭難で漂流《ひょうりゅう》中ですよね？ 私は生きて地球圏《ちきゅうけん》に帰還したいですし、当然その為に奮起します。必ずや地球への航路を計算してみせます。だから不安なのです。私は噂だけを信じるわけではありません。ですが、古い言葉には火のない所には煙《けむり》がという言葉があるそうです」

こんな所で死ぬのはごめんだ。

だから、言うべきことは言う。生き残りたいから。当たり前の行動だ。

何も言わずして、何も出来ない。そのことの方が、後悔《こうかい》するに決まっている。

「確かに、それは私も思うかなぁ。パパに頼んですぐに助けにきてもらえるっていうのなら話は別だけど」

「……まぁ俺も同意見だな。メンツの話じゃないし、足並みを揃えなきゃいけないってのはわかる話だし」

通信科のデボネア。戦闘機科のアルベロも同意に声を出した。

他にも声には出さないが、それとなく頷《うなず》くものも多い。

それほどまでにリリアン・ルゾールという名の生徒が何か秀でたものがあるという話を聞かないのだ。遊んでいる、遅刻《ちこく》はする、戦闘シミュレーションでも負けが多い。

どう信じたらいいのだ。

「ですから、なぜそういった配置になったのか、合理的な答えを私は聞きたいのです」

少し嫌味《いやみ》に聞こえただろうかとミレイは思うが、構うことはない。

生きるか死ぬか……そんな状況なのだから、何か言わなければいけないのは事実なのだから。

＊＊＊

航海長に任命された目の前の少女が不信感を抱いていることは、さすがのリリアンも気が付く。

彼女の言葉は何一つ反論できない程に正しく、またリリアンも言い訳をするつもりはなかった。過去の愚かな自分の評価を考えれば、そういう感情を抱く者がいてもなんらおかしくはない。むしろいて当然だし、こういった素直《すなお》に指摘《してき》できる存在というのは優秀なのだとすら思う。

（ステラやヴェルトールだけじゃない。この子たちもまた、地球帝国軍の未来には不可欠な存在だわ）

こちらに疑念を抱く少女たちに対して、リリアンはむしろ感心していた。

ますますティベリウスを無事に地球へと帰還させなければいけないと決心させる程だった。

それはそれとして、今の状況はあまり芳しくはない。

彼女たちの疑念を払《ふっ》しょくさせなければ、恐らく今後に響《ひび》くことは明白だ。だからと言って、下手な言い訳は彼女たちを余計に刺激《しげき》する。

デランとアレスの模擬戦に勝った、などというのはあまり通用しないだろう。

何よりリリアン自身がそれを理由に使うことを拒《こば》んでいる。所詮《しょせん》ゲームで勝ったからと言ってなんだというのだ。

むしろミレイという少女の性格では、余計に反感を買うだろう。

(ヴェルトールも、天才が故《ゆえ》に自分の考えの理解が及ばない者たちへの配慮《はいりょ》が足りてないわね)

前世においてメインオペレーターを務めていたのはリヒャルトだ。

しかし、彼は副艦長のような立ち位置にいる。またリリアンはかつて参謀を気取って、ヴェルトールのそばにいた。何一つ聞き入れられなかったので、実質は無職といったところだが、当時の自分はそれでも愛《いと》しい初恋《はつこい》の人のそばにいられるだけで満足だったようで、道化《どうけ》以外の何者でもない状態だった。

さすがに何一つこちらの意見が聞き入れられない事実に憤慨《ふんがい》もして、脱出艇を奪って賛同者と一緒に逃げだし、敵に発見され、ティベリウスを危機に晒《さら》したというバカげたことをやらかした。

(だけど、やらかした事実はさておいてもあの編成の方が当たり障《さわ》りなかったのも事実)

つまるところ、前世の自分はいてもいなくても良い立場に押し込まれていたのだ。

だが今はその真逆だ。メインオペレーターなどという重要すぎる役職にいる。

ヴェルトールがそう定めた理由は簡単だ。先ほどの、リリアンが見せた所作の関係だろう。

しかしそれを知るものは、少ない。ミレイたちはそんな場面を見てもいない。

「それで、ルゾールさん。あなたの意見は何ですか。私が一方的に追及《ついきゅう》しているだけというのはフエアじゃありません」

（しかし参ったわね。恨《うら》むわよ、過去の自分）

今現在、リリアンの手札には彼女たちを納得《なっとく》させるものはない。

彼女たちに自分の存在を認めてもらう為には実力を示すしかないのだ。

だがそれは、別の危険も待ち構えている。言葉は慎重《しんちょう》に選ばなければいけないのだ。

これから行うことは、未来を知るからこそ指摘できる部分でもある。

下手な言葉選びは、疑念を加速させることになるからだ。

それに、少し急がねばならない事情もある。何せ、これから敵襲が来るのだから、仲良く喧嘩《けんか》などしている暇はない。

「……質問を質問で返すことになるのだけど、よろしいかしら」

「どうぞ？」

ミレイは腕を組んで、かかってこいと言わんばかりだ。どうやらかなり勝気な性格というか、負けず嫌《ぎら》いなようだ。若い子特有の良い意味でぎらついた活気は少々眩《まぶ》しいものがある。

「馬頭星雲は地球からどれだけ離れているの？」

「はい？」

「必要なことではなくて？　私たちの目の前には馬頭星雲がある。それは重要な情報のはずよ」

「……大体一五〇〇光年。でもこの地点は一五〇〇光年もないわ。もっと短い……三〇〇から六〇〇光年といったところじゃない？　もしも一五〇〇光年も飛んでいたらティベリウスは今頃暗黒星雲の中……あれ？」

ミレイは何かに気が付いたようだ。いや、むしろ自分たちが全く冷静ではなかった事実に直面したと言ってもいいだろう。

それを視認したリリアンは小さく頷いた。

「おかしい……そもそもなんで、この艦はここまでワープできたの」

「航路があったから」

リリアンの言葉にミレイは大きく頭を振《ふ》って否定した。

「馬鹿を言わないでください、オリオン宙域への航路なんて、帝国にはないはずです。進むべき道がわからないワープは自殺行為に等しいんですよ！」

そう、なぜならそれは危険な行為だから。安全にワープする為というのもあるが、宇宙は広大だ。ほんの少しでも座標がずれてしまうだけで迷子になる。

それを防ぐ為に航路は存在する。各宙域の恒星や惑星などの位置を記録、参照することで自分たちの位置を特定することができるのだから。

故に航路の開拓《かいたく》というのは危険でもある。そこに何があるのかわからないから。

仮にワープした場所がデブリ帯であったら、重力異常が発生している場所だったら……いくら戦艦でも一たまりもないだろう。

「地球帝国軍の公式の航路に存在しない航路でワープをした場合、どうなるかわかったものじゃない。恒星の中にワープアウトしたり、重力異常の影響を受けてブラックホールに呑《の》み込まれておしまいよ……いえ、それより……！」

ミレイは顔を青くして、デボネア通信班長の両肩《りょうかた》を掴んだ。

「今すぐ機関室に連絡を取って！」

「ちょ、ちょっとなに？」

突然の豹変《ひょうへん》ぶりにデボネアはウェーブのかかった金髪《きんぱつ》を大きく揺《ゆ》らしながら動揺していた。香水《こうすい》でもつけているのか、ふわりと香《かお》りが艦橋に振りまかれる。

「最低でもウン百光年のワープよ！　エンジンに不調が出ているに決まってるじゃない！　一〇光年程度のワープとはわけが違うのよ！　早くやりなさい！」

「わかった、わかったわよ！　もう痛いわね」

半ば振り払うように、デボネアはミレイから離れると口をとがらせながらも、通信席へと移動した。班長に任命されるだけあってか、デボネアは手早く通信を整えるのだが、インカムのヘッドセットから聞こえる喧噪《けんそう》に思わず顔をしかめる。

「うるさっ！　あの！　ちょっと聞こえてます！　こちら第一艦橋の、ぇぇと……通信班長のデボネアなんだけど！　機関室！」

『第一艦橋！　こっち機関士班長のシドーだけど！　ごめん今手が離せないんだわ！　ワープ機関が……ぶっ壊れた！』

「はぁ？」

「デボネア通信班長。私に回線を」

状況の危機性を理解したのか、ヴェルトールのまとう空気が変わる。

デボネアもそれを察知して、即座《そくざ》に回線を移譲《いじょう》した。

「艦長代理のヴェルトールだ。シドー機関長。どういうことか、具体的に説明せよ」

『艦長代理！　それが、ワープ機関がオーバーロードを起こしてる。この艦、なにをやらかしたわけ！　ワープ距離は最長三〇光年が限度だ！　どんだけ長い距離をワープしたわけよ！』

「それは現在調査中だ。機関長、ワープ機関の損傷だが、酷いのか？　修理は可能か？」

『わからない！　爆発したわけじゃないから、ひとまず装置を停止させた後に解体して、焼き切れてる回路やら電装品やらを調べて、資材と照らし合わせて、あぁ……』

「期間は大体で良い。修理が可能と仮定した場合はどうだ」

『二週間……いや三週間だ』

ワープ機関とはそれほどまでにデリケートなものだ。

これは前世でも同じだった。あり得ないはずの超長距離ワープを実施《じっし》したことで、ティベリウスのワープは短距離も含めて、実行不可能となっていた。

その修理に費《つい》やした時間は三週間だったと記憶している。それは奇跡としか言いようがないのだが、今はその奇跡であり記憶の事実に感謝するしかない。

ワープするタイミングが変わっていて、なおかつ自分が重要な役職にいる時点で歴史は変わっている。もしかしたらワープ機関も何か起こっているかもしれないと思ったが、その心配はなかったようだ。

「わかった。ではワープ機関の緊急停止。機関長、通常エンジンは無事か」

『そっちは問題ない。現在は念の為、チェックしているが、通常航行に支障はないと判断できる』

「ではそのまま、続けてくれ」

通信を終えると、ヴェルトールは小さくため息をついて、深く席に埋《う》もれた。

「理論上、一〇〇光年単位のワープは可能だ。だが、それを実行しない、否《いや》、できないのは航路がなく、安全を確保できない。そしてワープ機関への負荷《ふか》の問題もあった。幸いなのはティベリウスがこうして現存している事実、ワープ機関が完全な破損を免《まぬが》れている事実だけか……」

「いいえ、そうでもないでしょう」

ヴェルトールすらも今の状態に対して若干、弱気を見せていた。

リリアンはそう言いながら、ミレイへと視線を投げかける。

「航海長。ここは馬頭星雲の近く。オリオン座の近くでもある。つまり、オリオン座を構成する恒星を発見できるはず。地球からの観測データを参考にすれば、完全とは言えなくてもおおよその位置は掴めるはず。そうよね？」

「そ、そうよ。光年単位の誤差は生じるけど、それはワープが出来れば解決はできる。でも、そのワープは」

「機関室は三週間で修理すると言っていた」

「確約はしてないわ！」

「じゃ諦《あきら》める？　ここで、何もせず、ずーっと待つ？　私はごめんよ」

「私だってそうよ！　いいわよ、やってやるわよ。オリオン座でしょう！　そして馬頭星雲ならアルタニクが観測できるはず！　オリオンベルトの一つ、それが観測出来ればおおよその距離は観測できる」

「アルタニクは地球からどれだけ離れている？」

「おおよそ八〇〇光年……でも恐らく、ここはそんなに離れていない。暗黒星雲が見えている以上、その近くじゃない」

「でも随分《ずいぶん》と近くなった。仮にワープ機関が修理されて適正な長距離ワープを実行すれば、私たちは地球に帰れる。でもその為には正しい航路が欲しい。位置関係を知らなければいけない」

「そ、そんなこと、言われなくてもわかってるわよ！　ちょっと待って、しかも話がすり替わってるじゃない。私が言いたいことはね！」

さらにかみつこうとするミレイであったが、それは中断しなければいけなかった。

警報である。しかもそれは授業でも習い、そして最も聞きたくない種類の警報。

レッドアラート。不明存在の感知。

宇宙の果て……とも言い難《がた》いが、地球から遠く離れたらしいこの地点で、そんなものを感知するなどと、誰が予想できただろうか。

（ええ、そうね。本当にフェアじゃない。私には今この場で自分の必要性を証明する方法はない。本来なら配置はスムーズに完了していたのだから。無用な混乱を招いているのは私自身。そして、これから起きることを知っているのも私）

他の生徒が混乱する中、リリアンはただ何も言わず艦橋中央に位置するレーダー観測装置の前に座《すわ》る。

「ワープアウト直後、デブリの接近とか小惑星帯への漂流の危険も考えて、レーダーを起動しておいたの。ついでにシールドも展開。これは帝国軍のマニュアルにある危機管理の手順でしょう？」

艦の安全を守る最低限の方法である。

これ自体は、なにも不審《ふしん》な行動ではない。必ず行わなければいけないことだからだ。

「隕石がティベリウスのいるコースに飛んできたのかも。距離算出、自動計算を始めますが、よろしいですか艦長」

などと言ってみるが、そんなわけがない。

リリアンは確信していた。これは、敵の接近だ。敵はワープをして、まっすぐにティベリウスを狙いに来たのだ。

なぜティベリウスの居場所がわかるのか。そんなことは今はわからない。

ただ純然たる事実、敵が迫《せま》っているということだけだ。

しかし、この場にいる者たちは、未だ敵性エイリアンの存在を信じてすらいないのだから。

それでも、リリアンだけは知っている。敵が来るということを。

「距離算出、約一〇〇万キロメートル。回避《かいひ》可能ですが、どうします?」

「……コーウェン砲術長。まずは我々の練度を確認したい。ティベリウスは回避行動をとりつつ、主砲で隕石と思《おぼ》しき物体を攻撃。可能か?」

こんな宇宙の果てに人類文明の艦は存在しない。

そしてエイリアンの存在は確認されていない。ならば飛来しているのは隕石だろう。

誰もがそう思う。

「可能です。ティベリウスが地球帝国艦艇の基準を満たしていれば有効射程距離には遠いのですが、四〇万キロ圏内に入れば長距離狙撃《そげき》可能です。それでも有効射程ではないので、破壊《はかい》できるかどうかは断言しかねます」

コーウェン砲術長は黒い肌《はだ》を持つ長身の少年だ。

そんな彼はにやりと笑みを浮かべていた。

「ですが、当てます。砲術科はいつも隕石を撃《う》ってましたからね」

訓練で小隕石を撃つのは砲術科のみに与えられた実践形式訓練でもある。

「ではコーウェン砲術長。第一艦橋にて指示を。デラン、アレスは第二艦橋へ。デボネア通信長。個人端末の使用を許可する。動ける通信員に近くのセクションでの通信任務を開始させてくれ。アルベロ戦闘機長は格納庫にて待機。ミレイ航海長」

「は、はい」

「第三艦橋に戻っている時間はない。第一艦橋にて、隕石との距離の再計算をお願いする。ＡＩは大体の距離しか出してくれんからな」

「了解しました」

緊急事態だからこそ、問題を先送りにする。

卑怯《ひきよう》かもしれないが、それがリリアンの作戦だ。

そしてここからが難しい。

あれは……敵なのだから。

「む？　どこの通信だ？」

だが、そんな緊張をわずかにほぐすことが起きた。

艦内通信の音、それは【格納庫】からである。

それを確認した全員が一斉《いっせい》に、一人の少女に目を向けた。

「……こちら第一艦橋、暫定艦長のヴェルトールだが」

『あー……こちら整備科、暫定班長のサオウです。えーと……一応まだウチの所属のステラちゃんなんですが』

「……すぐにそちらに戻させる」

そういって通信を切ると、ヴェルトールは小さくため息をついた。

どちからと言えば責任は自分にあるので、自嘲《じちよう》の意味もあったのかもしれない。

「あー……というわけだ、ステラ。まずは整備科としての業務に戻ってくれ」

「は、はい」

さすがに、これにはステラも従うしかない。

「では、諸君。生きて地球に帰ろう」

始まりの任務。

そしてファースト・コンタクト。

＊＊＊

艦橋は、否、ティベリウスの艦内全てが慌《あわ》ただしくなった。

同時に安堵《あんど》も存在した。警報は隕石の接近だった。距離は遠い、訓練通りに艦を動かせば余裕《よゆう》で避《よ》けられるし、何なら戦艦主砲の試し撃ちをするというのだからむしろこの状況においては、生徒たちの不安、ストレスを解消する刺激的なショーとなっているだろう。

全員ではないにせよ、やる気という名の空気は艦内を伝播し、生徒たちを奮起させる。

そんな中で、本来の持ち場から呼び出されたステラは、第一艦橋から急いで第三艦橋の格納庫まで戻らなければいけなかった。顔が少し赤いのは恥ずかしさがあるからだ。

「うぅ……サオウさんに何て謝ろうかな……というか居場所バレてる……きっとフリムが教えたんだわ」

しかも、二回もリリアンという人にヴェルトールとの密会を目撃されたし、さらには第一艦橋に集まった人たちにもばっちりと目撃されている。

「う、噂になってないかな」

などと呟くのはちょっと期待しているからだ。

ステラとて、乙女心《おとめごころ》を搭載している。学園の憧《あこが》れの人と接点が出来て、しかも親しくなれて、そして……

「え、えへへ……」

自分のことを欲しいと言ってくれた。

もちろん、これは恋人や結婚《けっこん》のような意味ではないことはステラも理解している。

自分の才能を認めてくれて、部下として欲しい。その為に月面基地の司令とも会わせてくれた。

正直、今でも信じられない。

「で、でもお父ちゃんは嫌がるかな……」

地球で整備士をしている父。

元は軍艦の整備士をしていたあの人は、自分が学園に入学したいと言った時は良い顔をしなかった。

整備とはいえ、軍艦に乗ることを良しとしていない。

実際、危険ではある。それでも、帝国軍人になれば生活は保障される。給料も良い。資格だって取れる。そうすれば、男手一つで自分を育ててくれたお父ちゃんに恩返しも出来るし、工場のみんなにもお返しが出来る。

その為にはまず地球に帰らなきゃいけないのではあるが。

「うん……その為にもワープ機関を直さないとね。私、整備士だし」

よしと、やる気を注入するように両頬《りょうほお》を叩く。

まずは隕石相手に主砲を撃って盛大《せいだい》に地球への帰路につこう。

「でも隕石か。天文学的な確率だよね。こんなに広い宇宙で。しかも突然だし」

格納庫はティベリウスの下部層にあるので、上部から移動するにはエレベーターが存在する。ステラはその前まで移動して、エレベーターがやってくるのを待つ間、思案をしていた。

「……あれ？」

そしてふと気になることがあった。

「なんで、ティベリウスに【直進】してくるのかしら？　いえ、そもそも……遠くからはっきりと確認できる隕石って、どんな質量？　熱源でもあるのかしら。太陽フレアの残滓《ざんし》……それはないか。じゃあ電磁波やプラズマで熱せられた？　いやそれでもおかしいか……あれ？」

なぜ隕石が直進してくるのか。これはたまたま、偶然だと仮定しよう。

ティベリウスのレーダーは一〇〇万キロの彼方《かなた》に物体を感知した。それは相当な熱量を持っていることになる。

地球帝国の艦船のレーダーは熱源や赤外線、金属探知、はては超音波や放射能、電磁波などを捉えることができるが、宇宙とは意外と騒がしい場所であり、宇宙線などが激しく入り乱れ、星の重力などが思いのほか邪魔をするし、隕石などに含まれる金属成分が金属探知の邪魔をすることもある。

だから基本的には熱源をある程度の条件に絞《しぼ》って観測する。

そう例えば、戦艦であれば、この程度の質量や熱量があるなど……もしも一〇〇万キロの彼方、レーダー範囲《はんい》ギリギリから探知できる隕石は、一体どんな規模の熱や大きさを持っているというのだろうか。

刹那。ステラの脳内では様々な情報が駆け巡《めぐ》っていた。

艦橋クルーは戦艦主砲の最大射程である四〇万キロになるまで待つと言っていた。

宇宙時代において地球と月の距離約四〇万キロは遠いようで近い。なぜなら技術の発達によって戦艦クラスの主砲の最大射程は四〇万キロだからだ。ただしこれは【届く距離】でしかなく実際は威力も何も減衰《げんすい》が酷く、小隕石を砕《くだ》く程度ならまだしも仮に戦艦であれば装甲《そうこう》で耐《た》えられる。

そもそも簡単に避けられてしまうので、実際の交戦距離はもっと短く、二〇万キロでようやく長距離射程の砲撃艦の重粒子砲《じゅうりゅうしほう》の威力が発揮され、一〇万キロでまともな撃ち合いが始まる。

その後は、艦砲射撃で決着がつかなければ超接近戦ともいえる数万キロ単位での高速格闘戦に入る。

なお実際はそうなる前に撃破されるものだ。

なにより宇宙戦争は敵を探知することから始まる。先に相手を見つければ、それだけ奇襲も行いやすいから。

「何か、おかしい」

その疑問はすぐに形になった。

あの隕石、こっちについてきていないだろうか。

多少なりともティベリウスは慣性で動いている。それに対して一〇〇万キロから直進。

「……もしかして、隕石じゃない？」

それはまだ推測の域を出ない。

しかしステラは個人用端末を起動させて、格納庫のサオウ整備長へと連絡を取り、自身は再び、第一艦橋へと走っていた。

怒られても良い。でもこの胸騒《むなさわ》ぎを解消したい。

『ステラちゃん？　どこにいるの？　怒らないから早く戻ってきてほしいんだけど』

「ごめんなさいサオウさん！　あの、観測用ドローンって射出できます？　艦長代理に要請《ようせい》してほしいんです」

『ドローン？　なんでまた。あぁ、確か主砲で隕石を撃ち落とすって話。その手助け？』

「それもあるんですけど、隕石が一〇〇万キロの彼方から観測できるっておかしくないですか？」

『うーん……出来なくはないんじゃない？　ほら、宇宙って広いから、戦艦のレーダーも最大で二〇〇万キロの観測用レーダーを搭載してることもあるって話だし。ワープで宇宙海賊《かいぞく》とかの奇襲を防ぐ為に距離と感度はそりゃもう完璧《かんぺき》よ。ティベリウスは一〇〇万キロだけど』

「サオウさん、それって【戦艦規模】の熱源や質量の話ですよね。つまり、レーダーは数百メートル級の質量を捉えているってことになりませんか？」

『……整備完了してる観測ドローンの準備！　鎌田《かまた》ぁ！　艦長代理に至急連絡！　それ本当に隕石なのかって！　ドローンの射出準備も続け！』

インカムの向こうでサオウの怒号《どごう》が響き渡《わた》る。

彼もまた違和感《いわ》に気が付いたのだ。

仮にそれが巨大質量の隕石ならそれでいい。危険度は高いが、やはり距離もある。余裕でコースから逃げられるだろう。

しかし、ステラはこれで大丈夫だろうなどという曖昧《あいまい》なものに従う程、お気楽ではない。

(多分違うから大丈夫。そんな落ち度で危ない目にあうのは嫌だ。お父ちゃんも言っていた。数ミリの傷がいずれ数百メートルの傷を作るって)

杞憂《きゆう》なら杞憂で、全然良いじゃないか。

それで済むのなら、笑い話で終わるのだから。

でも、世の中には笑い話では済まされないこともある。

それだけは嫌だから。

＊＊＊

同じ頃。

第一艦橋でも異変というものを感じていた。

それを先に感じたのはリリアンを除けばミレイだった。

「あ、あれ……ちょっと待っておかしいわ」

「どうしたの航海長」

ミレイの変化にリリアンはいち早く気が付いた。

「隕石……なのよね？　コースが……」

「具体的に教えて」

「もう！　コースが変わってるのよ！　微速《びそく》前進中のティベリウスに沿って移動してる！」

ミレイがそう叫ぶと同時に格納庫からの緊急通信。

野太い声のサオウ整備長のものだった。

『艦長代理！　観測ドローンの射出許可を！』

「どういうことか、サオウ整備長」

その突然の申し出の意味をヴェルトールは測りかねた。

彼の焦りにも似た声から、ただならぬものを感じてはいたが、あまりにも突然すぎたのだ。

『うちのステラちゃんが気付いたの！　そもそも一〇〇万キロの彼方からレーダーで捕捉《ほそく》できる隕石ってデカすぎるって！』

サオウの発言を聞いて、リリアンは感心をしていた。

それはサオウではなく、恐らく彼にその事実を伝えたステラにだ。

（やっぱり。前世でも一人だけ隕石ではないと見抜《みぬ》いていた。でも当初はその言葉が信じられずに、

奇襲を受けた。なら私のやることは）

リリアンは立ち上がり、ヴェルトールへと振り向き、言った。

「艦長、私も支持します。航海長より隕石の軌道《きどう》に不審な点が見られるとのことです」

「え、ちょっと、待ってよ。確かに奇妙だけどまだ確証が」

いつの間にか自分の観測データをあてにした発言がなされており、ミレイはリリアンの制服の裾《すそ》を掴んで、座らせようとしていた。

「コースがズレ始めているのでしょう？　十分な脅威《きょうい》よ」

「みんな落ち着いて。まずは観測情報を」

半ばあちこちから伝わる情報に艦橋内が騒がしくなる。

それを落ち着ける為にリヒャルトが場を制するのだが、今度は砲術長のコーウェンが驚愕の声を上げていた。主砲にて照準を定めていたコーウェンもまた観測データを見ていたのだ。

だから気が付く。何かがおかしいと。

「お、おい……なんか、目標が加速してないか？」

「どういうこと？　見せて。第三艦橋にデータを回す……いえ、これ……ありえないわよ」

ミレイは再び自分の席に戻ると、データを齧《かじ》りつくように見て、自分の知識を総動員させていた。

「距離九二万……八八……短距離ワープでもしてるわけ……！」

「このままじゃあと二時間から三時間ちょっとでやってくるぞ！　駆逐艦《くちくかん》かよ！」

「騒がないで！　宇宙空間でデブリが加速することはなくはない……あぁでもこんな急加速する理

由って何よ。重力場変動でもあるの。それとも恒星の影響、近くにブラックホール！　あぁんそれも違う、あったら今頃私たちも」

「落ち着きなさい」

叫んだわけではない。しかしリリアンのその一言には重さがあった。

「コーウェン砲術長。目標は追いかけられるのですね？」

「あ、あぁ。それは問題ない」

「なら有効射程距離に到達《とうたつ》するまで観測を続けて。艦長、どうしますか」

最終決定権はヴェルトールにある。

リリアンは指示を仰《あお》ぐように、再びヴェルトールへと振り向く。

「航海長、速度加速も考慮《こうりょ》してコースの再計算だ。機関室に伝達、機関を最大船速にまで移行する！

第一艦橋、戦闘格納を開始せよ」

「こ、これじゃまるで戦争じゃない……！」

デボネア通信長が悲鳴のような声を上げていた。

「艦長、観測ドローンの射出準備完了とのことです」

デボネアが聞き逃《のが》している通信回線を受け取ったリリアンが伝えると、ヴェルトールは即座に指示を出す。

「許可する。観測データを共有。最大望遠。メインモニターに静止画でもいい、回せ」

「了解。ドローンの射出を確認。データリンク開始。三秒後、メインモニターに画像。映像、三分遅《おく》れ」

射出された観測ドローンは従来のものとは違い大きくなっている。それ単体で四〇メートルもあり、ドローンというよりは小型艇に近い。内蔵されているのは各種センサーと高高度望遠装置。そして最低限のスラスターのみだ。

それがまずは一基だけ宇宙空間へと飛び出す。これが捉えたデータは多少の誤差はあれど、それでも素早い。

本来は事前に設置するべきものであるのだが、それでも十分な成果をあげてくれたと言えるだろう。

「画像、きます」

表示された画像は酷くぼやけており、まるで旧世代の古いカメラの画質のようであった。しかし輪郭《りんかく》、色彩《しきさい》はそれでも形を認識できるものであり、それが第一艦橋の面々に衝撃を与えるには十分なものであった。

「なんだ、これは……」

秀才、天才、期待のルーキーであるヴェルトールですら思わず息をのんだ。

メインモニターに表示されたのは、一隻《いっせき》の円盤《えんばん》である。円盤と言ってもそれにはまるで前後があるような形であり、正確には半楕円形《はんだえんけい》ともいえる。ほんのわずかだが艦尾《かんび》と捉えられる場所に推進機関が存在する。

今の画像ではそれぐらいしか判別できず、砲塔は存在するのか、艦橋はあるのかすらもわからない。

ただ明らかに地球帝国軍のどの艦船にも照合できない【アンノウン】であることだけはわかる。

「AIの解析《かいせき》では全長二〇〇メートルクラス。駆逐艦……とでもいうのでしょうか」

驚きを見せる生徒たちに対してリリアンだけはわざとらしく、声を震《ふる》わせていた。

リリアンだけはあれがなんであるのかを知っているから。

敵の駆逐艦の一種だ。数年後にはカレイだのヒラメだのと揶揄《やゆ》されるが、その機動性は帝国の駆逐艦を凌駕《りようが》する。艦というよりは大型の戦闘艇とでも言うべきか。

そして現在接近しているのは無人機タイプであり、偵察《ていさつ》目的の大型ドローンであるとも言われていた。

「帝国データベースに一致《いっち》する艦種はありません。宇宙海賊の改造艦の可能性も低いと思われますが」

リリアンの報告に悲鳴のように答えたのはコーウェン砲術長だ。

「当たり前だ！　こんな場所に人類がいるかよ！」

「じゃ、じゃあエイリアン……ってこと？」

デボネア通信長は口元を手で覆《おお》い、ただ驚くことしかできなかった。

「ヴェル、通信をしてみるかい」

比較的《ひかくてき》冷静でいるリヒャルトはヴェルトールにそう進言する。

「……全周波数帯で呼びかけてみる。長距離通信を」

「艦長代理本気かよ！」

コーウェン砲術長は自分を落ち着かせる為か、自分の両手で両肩を掴んでいた。

恐怖で引き金に力を入れて、発砲しない為だ。有効射程距離にはまだ遠い。

「我々はまだ攻撃を受けていない。エイリアンであるか、それとも我々と同じく遭難した艦なのか。だが注意はしろ。攻撃はされないなどとは考えるな。ティベリウスは戦闘機動のままだ。シールド出力を上げろ。実戦仕様。主砲はいつでも撃てるように。デボネア、通信はどうか」

「反応ありませんよ！」

「白旗でも出してみるかい？」

リヒャルトの提案をヴェルトールは小さく笑って返した。

「それで止まってくれるならな」

「艦長。ドローンからの更新《こうしん》情報です」

淡々と、リリアンは情報を提示する。

画像の艦はその平べったい艦体から砲塔を展開していた。同時に明らかにコースを変更《へんこう》している。

それはまるで主砲の射線軸《じく》から逃れようとしている動きであった。

あれは敵だ。誰もがドローンの画像、そして映像を見てそう思った。

理解されているかどうかは定《さだ》かではないが通信は送った。返事はない。古いモールス信号なども使った。それでも反応はない。

相手は主砲のようなものを向けている。撃ってこないのは距離が離れているからだろう。

お互いの距離は七〇万キロ。ティベリウスの主砲の最大射程は四〇万キロ、ただし打撃としての有効射程は長く見積もって二〇万キロ、最大効果を発揮するのは一〇万キロから。

相手が、恐らくは駆逐艦だとすれば、その最大射程は恐らく一〇万キロ。有効射程距離はおおよそ四万キロ程度。これは帝国駆逐艦の平均的な性能である。

(幸いなことに相手の駆逐艦の有効射程は帝国軍のものとそう変わらない。火力も高い方ではない。とはいえ、機動性は圧倒的にあちらが上。ただし耐久性《たいきゅうせい》は脆弱《ぜいじゃく》。出来るなら先制攻撃を仕掛けたいところだけど……)

この中で唯一、敵の性能を把握しているのはリリアンだけだが、それは未来の知識であり、今現在の地球人類が知る由《よし》もない情報だ。

残念だがこれを、このタイミングで彼らに伝えることは出来ない。

もどかしさが無いわけではないが、これは同時に彼らが【戦争】というものを知る良い機会でもあった。

自分が酷く冷酷《れいこく》なことを言っている自覚はある。

それでも、今後起きる戦争に、慣れてもらうにはこれが一番なのだ。

「お、追いつかれちまう!」

主砲制御《せいぎょ》の為の観測データを食い入るように見ていたコーウェン砲術長は額に汗《あせ》をにじませて叫んだ。戦艦と駆逐艦である。純粋《じゅんすい》な速力もそうであるが、何よりこちらはワープ機関を損傷している。

緊急離脱《りだつ》を行うことは不可能だった。

席が近い為か、コーウェンの悲鳴を耳障りに感じているミレイはヒステリー気味に言い返した。

「黙《だま》ってなよ！」

「艦長代理！　あっちはティベリウスの真上を狙っていると思います！　艦橋を狙っている！」

しかし自分も悲鳴のような声を上げ、さらには報告の為の言葉がらしくないものとなっていることに気がついていない。

あっち、こっちなどと言う不明瞭《ふめいりょう》な報告は本来の彼女ならあり得ないのだ。

「随分と混乱しているね、みんな。ヴェル、どうするの」

リヒャルトはそんな彼女たちを咎《とが》めることもなく、ヴェルトールに耳打ちをする。

「明らかな敵対行為だ。デボネア通信長、相手への警告は続けろ。コーウェン砲術長！」

「は、はい！」

「ＣＩＣと連動を開始せよ。デラン、アレス、聞こえているな？　主砲コントロールはコーウェンに任せる。そちらは測量に集中してくれるか。第三艦橋との通信を繋げ。実戦だ」

各種へと発令。

再びのレッドアラート。

ヴェルトールは全艦へと、その事実を伝えるべくマイクを取る。

一旦《いったん》の深呼吸ののち、彼は言い放った。

「これよりティベリウスは実戦行動に移行する！　繰《く》り返す、これよりティベリウスは実戦行動に移行する！　これは訓練ではない！　だが訓練通りにやればいい！」

ヴェルトールは余計な情報をあえて与えなかった。

適度な不安は、かえって気を引き締《し》める。気楽な、安堵させすぎるような言葉はこの場においては不要であると認識したのである。

その手並みを見て、リリアンは再び感心していた。

（やはり、ステラだけではない。未来の帝国軍には彼の存在も重要となる。本当、優秀な子だった
のね。それを無駄にした私という存在が、本気で恐ろしいわね）

そんな過去を自嘲しつつも、リリアンは己《おのれ》の職務に集中した。

さて、やる気になったのは良いが、恐るべきはここからだ。

なにせ、相手は無人機。それはつまり、人が乗っていることを考慮しないで良いということだ。

「艦長。観測ドローンが歪曲波《わいきよくは》を感知しています」

ドローンから送られてくる情報をそのまま、正確に読み上げたリリアン。

それは何度目かになる驚きを艦橋に与えていた。

「ワープよ！　やっぱり相手は短距離ワープをしていた……！」

ミレイの言う通り、歪曲波とはワープの際に発生する空間の揺らぎである。

「あっ……き、消え……！」

次いでコーウェンが気の抜《ぬ》けた声を出した。

自動照準で追いかけていたはずの目標が消失。当然、主砲は撃っていない。

目標の消失によって自動照準は次なる目標を探知するべくマーカーを点滅《てんめつ》させていた。

だが、目標を感知するよりも先に、彼らが感じたのは内臓が飛び出る程の衝撃と網膜《もうまく》が焼き切れるのではないかと錯覚《さっかく》する閃光《せんこう》であった。

宇宙に音はない。しかし、ティベリウス内部では甲高《かんだか》い、軋《きし》むような音が響いていた。それはシールドに衝撃が与えられ、発生したわずかなプラズマが艦体を叩いたことによる反響音である。

生徒たちの中にはティベリウスに亀裂《きれつ》が入ったのではないかと錯覚する者もいた。

「あぁぁぁぁ！　艦が割れちゃうよぉ！」

デボネアはデスクにしがみつき、半狂乱《はんきようらん》に陥っていた。

そんな彼女に対してリヒャルトが若干の苛立《いらだ》ちを含んだ声をぶつけた。

「シールドの反響音だ！　この程度で艦は沈《しず》まない！」

衝撃に耐えるべく、リヒャルトは艦長席にしがみつく。

「状況、知らせろ！」

ヴェルトールもわずかにデスクにしがみつき、衝撃をこらえていたが、視線はまっすぐメインモニターを向いていた。

「シールド出力九七％。艦体に被害はありません。ですが、反射したプラズマで表面装甲が若干焦《こ》げたと思われます。近距離レーダーが敵艦を捕捉。本艦の頭上を跳《と》び越えて、離れていきます。距離三〇八キロ。真後ろ、至近距離につかれています」

淡々と報告を続けるリリアンであるが、その内心は、まるで童心に返ったかのように心が弾《はず》んでいた。

あぁ、この感覚だ。久しく味わうことが出来なかったこの衝撃、閃光。たとえお飾りであろうと、たとえ撃ち漏《も》らされた敵の残党狩《が》りであろうと、たとえ捨て駒《ごま》にされようと、この感覚だけは、やはり格別だ。

やはり、どうなろうとも、自分は艦が好きなのだ。

「敵艦より再度エネルギー反応」

そう伝えた瞬間には、今度はまるで豪雨《ごうう》が窓を叩くような弾《はじ》ける音が艦内に響く。同時に振動も小刻みであった。

「速射砲か！　シールドを削《けず》り取るつもりか⁉」

エネルギー反応ということは重粒子砲であることは間違いない。駆逐艦用に小型化された連装砲《れんそうほう》だろう。無数の弾丸《だんがん》がシールドに撃ち込まれていることだけは確かだった。

「シールド出力八八％にダウン」

シールドは無敵ではない。シミュレーションのそれよりは保《も》つが、延々と攻撃を受け続けられるわけではない。

もしもティベリウスに僚艦《りょうかん》が、せめてあと二隻いればシールドを同調させ、強度と出力を上昇《じょうしょう》させることも出来ただろうが、あいにくと現在は単独なのである。

なにより駆逐艦に懐《ふところ》に入られた時点で戦艦の機動性では敵《かな》うはずもない。せめて一撃でも命中させることが出来れば、それで勝負はつくというのに。

「帝国の駆逐艦よりも機動性が上じゃないか！　このままじゃなぶり殺しにされちまう！」

「落ち着けコーウェン砲術長。敵は恐らく、無人だ。だからあのような無茶な行動が出来る」

「ですがね艦長代理！　無人だからって、あんなにひゅんひゅん動き回られちゃ、主砲旋回《せんかい》が間に合わないんですよ！　ミサイルだって至近距離すぎてろくな追尾が出来ませんよ……！」

反撃のタイミングが掴めないのは仕方のないことなのだ。

彼らがどう優秀でも、状況は半ば奇襲を受け、そしてこちらは素人《しろうと》。心構えなどあろうはずもないのだから。

そして今は恐怖に縛《しば》られた生徒の方が多い。

「ヴェル、機銃による応戦は？」

「敵にもシールドがあるとみるべきだろう。パルスレーザー、実弾機銃、どちらで撃ち合いをしても、機動性に勝《まさ》る向こう側に分がある。主砲同士の撃ち合いであれば負けないが、艦船の格闘戦ではな」

ヴェルトールは表情を変えないが、その実、奥歯をかみしめていた。

警戒はしていたつもりだった。生徒たちの準備、対応も問題はなかった。それでも、この状況はいささかまずい。

敵の動きからして、無人機であることは予想が付く。それがまずい。相手は人が乗っていることを考慮しなくても良い動きをしている。それが二〇〇メートル級の駆逐艦とはいえ、恐るべき機動性を発揮している。火力がないことだけが幸いだとしても、こうも連続で攻撃を受け続けてはティベリウス本体よりも先に生徒の心が死ぬ。

さりとて下手なタイミングで反撃をしても、その隙間《すきま》から攻撃を受ければおしまいだ。

「戦闘機を発艦させられれば良いのだろうが、戦闘機科の連中も、こんな状況では飛びたがらないだろう。狙い撃ちにされる。何より、プロがいないからな」

母艦の周囲を守る為に艦載機を出撃させるとしても、そのタイミングも失っている。

ここにいるのは生徒、学生。戦闘機動など期待できない。

ヴェルトールは被害を抑えるという部分に思考が偏《かたよ》っていた。その考えは間違いなく正しいことではあるのだが。

未だ新兵ですらない彼らを見て、リリアンは頃合いだと感じた。

(少し、手荒《てあら》だったのは事実。でも、これで彼らは実戦の空気を感じ取ったはず。それに……)

リリアンはちらりとデボネア通信長へと視線を向けた。半狂乱だった少女は、今は体を丸めて小さくすすり泣いている。何か小声で呟いて、体を震えさせてもいた。

(なんだか可哀《かわい》そうなことをした気もするけど)

大体の察しは付いた。あとは男どもがどうこう気が付く前に彼女の尊厳を守ってやるのが自分の務めの一つだろうとも思う。

ふと思う。前世ではどうだったのだろうか。

だがそれは余計な思考だ。

「艦長。提案があります。敵の動きを鑑《かんが》みるに、相手はどうにもこちらを撃沈《げきちん》しようとしていないと思われます」

リリアンは立ち上がった。細かな振動は続いているが、リリアンの体はブレることなく床《ゆか》に足を着けていた。

「バカ言わないでよ！　攻撃を受け続けているのよ！　適当なこと言ってんじゃないの！」

敵の動きを何とか解析したいミレイであったが、もはや余裕はなくなっていた。

「ならばなぜこの至近距離で魚雷《ぎょらい》でも主砲でもなんでも撃ち込まないの。もしかすると、敵はこちらを拿捕しようとしているのではありませんか。そうでなくても、この散発的な攻撃は、むしろチャンスでもあるでしょう。敵は不用意に【戦艦】に近づきすぎています」

「だが敵を足止めしない限りは主砲、ないし副砲での狙撃は難しいぞ。やたらめったらに撃っても当たるものではない。旧世代の海上艦船であれば、そのやり方も可能であっただろうが」

「もしも、この実績のない私の言葉を信じてくださるのであれば、一つ提案があります」

出しゃばらない。

何度その言葉を口にしただろうか。

しかし、すぐそばで乙女《おとめ》の尊厳が失われかけている子がいるのだ。さすがにそれを見捨てる程、自分は残酷ではない。

「艦を急制動。しかるのちに宇宙魚雷を散布してください」

「艦を止めて、魚雷をありったけ放出してください！」

リリアンの提案にかぶさるように同じような作戦が、異なる少女の口から発せられた。

それに驚いたのはリリアンを除けば艦橋にいた全員。なにより艦橋に割り込んできた少女、ステラにであった。

(やはり、来たわね。前世で、この窮地《きゆうち》を脱したのはやっぱりステラの作戦だった。ただ一つ、意外なのは)

自分が彼女と同じ作戦を思いついたことだろう。

だが今はそんなことはどうでもいい。この作戦は危険ではあるが、ではこれ以外に方法があるかと言えば、ない。

第一艦橋の面々も同じだ。こいつらは一体何を言い出しているのだという疑問はあれど、自分たちには具体的な打開策を提示する方法はない。

「ステラ、リリアン……いいだろう。デボ……」

「艦長、CICとの回線繋ぎます」

ヴェルトールがデボネアに意識を向ける前に、リリアンは咄嗟《とつさ》に行動を起こしていた。一方で、自分の名前を呼ばれかけたデボネアは小さな悲鳴を上げていた。

「こちら第一艦橋。第二艦橋、聞いていたな?」

『魚雷をばらまくんだろう? 聞いてるぜ』

返答したのはデランだった。

聞いているという発言はつまり、既にその作戦を誰かから聞いていたというわけだ。

そんなことが出来るのは一人。

ヴェルトールは艦橋出入り口に立つステラを見た。

「越権《えつけん》行為だぞ。本来なら懲罰《ちようばつ》ものだ」

「ご、ごめんなさい。でも、急いでください！」

ステラは謝《あやま》りながらも、我《が》の強さを見せた。

彼女は個人端末で事前にデランたちに作戦の詳細を伝えていたのだろう。

しかし、今はそれをしつこく咎める時間はない。結果的に迅速《じんそく》な連携が取れるというわけだ。

「コーウェン、主砲制御。撃てるでしょ」

あとの指揮はもうヴェルトールに任せればいいと判断したリリアンは、若干の過呼吸を起こしているコーウェンへと声をかける。

「あぁ、任せろ。俺は砲術科のトップ様だぜ。動きが止まれば小隕石だってぶち抜ける！」

彼は即座に主砲コントロールに取り掛かる。

ティベリウスは直進を続ける。その間にも敵駆逐艦の執拗《しつよう》な攻撃は続く。

艦内に緊張が走る。

「減速！　同時に魚雷単距離発射、固定！」

メインエンジン停止。艦首による逆噴射《ぎやくふんしや》。同時に魚雷発射管より無数の宇宙魚雷がばらまかれる。

目標を定めないそれはまるでその場に漂《ただよ》うかのようであった。

だが、無人であるが故に、動作が硬直《こうちよく》していた駆逐艦は一瞬だけ放出された魚雷の質量を捉え、わずかに動きにブレを生じさせた。

「無人艦の弱点。それはオートメーションによる情報の取捨選択《せんたく》が鋭敏《えいびん》すぎること。あの駆逐艦は突如として増えた質量をなんであるかを確かめなければいけない。優秀な機械であるが故に、危険だと判断してしまう。だから、動きが鈍《にぶ》くなる」

無人艦は未来では主力戦力だったのだ。だから、その動きの癖も弱点もリリアンは理解している。もし、この無人艦を操るものがいたとすれば、おそらくは魚雷を無視して突撃させたことだろう。なぜなら人が乗っていないのだから。

「機械は進歩する。でも、それに頼ってばかりいるから、頭が固くなるのよ」

魚雷の近接信管が作動する。連鎖《れんさ》爆発、至近距離の衝撃は比較的軽い駆逐艦のバランスを崩すことに成功した。

「俺の視力6・0!」

意味がわからない自慢《じまん》を口にしながら、コーウェンは主砲を発射する。

刹那。音のない宇宙空間で、重粒子に貫《つらぬ》かれた駆逐艦が粉々に粉砕《ふんさい》していく様が、見えた。

＊＊＊

敵艦との戦闘を終えたティベリウスにはゆっくりとしている時間などなかった。

「あれが駆逐艦であるとすれば、本隊へこちらの存在は筒抜《つつぬ》けとみるべきだ。残骸《ざんがい》を調べたいという欲もあるが、今はこの場を離脱することを優先する」

ヴェルトールの判断は正しかった。

たとえ相手が無人機であろうとなかろうと、こちらを襲《おそ》ってきた相手が仲間に情報を送らないなどということは絶対にありえないからだ。

さらに現在のティベリウスはワープが不可能であり、距離を稼《かせ》ぐことが出来ない。

だからこそ、一秒でも早く離れる必要がある。最大推力で加速すれば光速……ほどは出ないにせよ、かなりの速度が出せる。

「艦長、離脱する際に念の為、デコイを射出することを提案します」

デコイは二種類あり、巨大な風船と金属の塊のものだ。風船の方は一〇〇メートル近い大きさに膨《ふく》らむことができ、金属の方は大体魚雷と同程度である。どちらにも小型の推進機関が装備されており、またある程度の熱源を発生させることでわざと熱源を探知させることができる。

「大したくらましにはならないでしょうが……」

「いや、必要なことだ。使えるものは全て使う」

戦闘終了後。緊張による疲弊《ひへい》は思ったよりもあったようでリリアンやヴェルトールたちを除けば、第一艦橋の面々は目に見えて顔色が悪い。それは同時に戦闘から解放された安堵でもあるのだが、精神の摩耗《まもう》が肉体に与える影響というものは計り知れない。

デボネアは座席で体育座りをしてすすり泣き、通信業務は出来そうにもなく、コーウェンは脱力した状態で、ぐったりとしていた。

本来であれば上官からの叱責《しっせき》などが一つでも入るところだろうが、今はまだ自分たちは軍属ではないし、状況としては遭難者であり被害者《ひがいしや》だ。

それを咎める者はいなかった。

そんな中で、多少元気を取り戻し、冷静さも戻ってきたのはミレイである。

「あ、あの……意見具申《ぐしん》よろしいでしょうか？」

ミレイは恐る恐る手を挙げた。

ヴェルトールはそれを認め、促す。

「聞こう」

「えと、ただ直進するだけでは、その……敵にばれてしまうと思います。なので、コースを一部変更して、あえて遠回りを選択するべきかと」

「ふむ……」

「それで、デコイ一つを直進。もう一つ用意してそれを大きく遠回りさせます。そして本艦はその中間を進むというのはどうでしょう」

「それしかあるまいな。許可する。ミレイ航海長、それぞれのコース計算は可能か。無理ならば、交代させるが」

「いえ、やります。ただ、第三艦橋へ……」

「許可する。では、第三艦橋の航海科を一人、交代させ……いや私以外、全員交代だ」

ヴェルトールは疲弊が思ったよりも大きいことを理解していた。

この疲労の中で、無理をさせれば余計なミスが増えるだけだ。それに、今は最高速度を出した状態での巡航中。逃げの一手を打つだけなら十分な状態であろう。

「ヴェル、君も休息を」

副長という立場にいるリヒャルトは自分が代わりを務めようとするが、ヴェルトールは苦笑しながら首を横に振った。

「いや、俺はここで座ってただ許可を出していただけにすぎん。実際に行動をしていたのはみんなだ。交代要員を決め、適時休息を取れ。食事も必要だし、仮眠《かみん》もいる。それと……ステラ、君も早く格納庫へ戻れ。あとで色々と聞かせてもらうぞ。リヒャルト、すまないが、付いて行ってやってくれ。彼女は、なんだ、功労者の一人だからな。フォローを頼む」

「了解、それじゃ行こうかステラちゃん」

「す、すみません……あ、でもその前に少しお時間いいですか？」

まるで王子様か何かのようにステラに手を伸《の》ばすリヒャルトであったが、ステラはぺこりと頭を下げ、早足でリリアンの元へと駆け寄った。

「ふられちゃった」

肩をすくめながら、リヒャルトはヴェルトールと向かい合い、お互いに苦笑いをするしかなかった。

一方、ステラの方と言えば、駆け寄ったリリアンを前にして、言葉を詰まらせていた。

「えっと……そのぅ……」

「良い作戦だったわ。生きて帰ってこられたら、お父様に良い部署を推薦《すいせん》してもらおうかしら」

「え！　えぇとそれは……」

ちょっと冗談を言ってみたら、ステラは思いのほか本気にしたらしい。

「あはは！　いいのよ、他にもあなたを欲しがっている人がいるみたいだし。それよりも、持ち場を勝手に離れることだけはダメ。なんと言ったかしら、そう、フリム。あの子にまた怒られるわよ？」

「す、すみません」

「まぁでも、覚えておくわ。あなた、きっと良い指揮官になれるわよ」

その言葉だけは本音である。

むしろなって貰わないと困る。指揮官ではなく、元帥《げんすい》にであるが。

「それじゃ。私ちょっと、あの子連れて行かないといけないから」

「どうかしたんですか？」

リリアンはちらりと通信席で蹲《うずくま》るデボネアを見やる。

ステラもそれとなく何かに気が付いたのか、さっと視線を背《そむ》けていた。それは彼女なりの優《やさ》しさの表れなのだと思う。

その後、ステラは小さくお辞儀《じぎ》をすると、リヒャルトに連れられ、艦橋を後にする。

見送ったリリアンも、自分の仕事に取り掛かることにした。

「ほら、行くわよ。交代要員が来るまでなんて、あなたも嫌でしょ」

デボネアは返事こそしなかったが、小さく頷いて、リリアンに手を引かれてようやく座席から体を降ろした。

その後は、リリアンは何も言わず、廊下《ろうか》を進む。途中《とちゅう》、体調不良者の応対で駆けずり回っている医務科の生徒を捕《つか》まえて薄い毛布を手に入れると、それをデボネアにかぶせてやった。

艦内の様子は良いとも悪いとも言えない。戦闘が終わったとはいえ、若干の緊張状態は残っている。それでも比較的精力的に動ける者が多いのは、一応は軍学校の生徒だからだろうか。

それでも状況に適応することが難しく、身動きが取れない者もいる。そう言った中で、泣いて歩けるだけデボネアはマシと言ったところだ。

「ま、早くシャワーを浴びることね。班長に選ばれるってことは、個室でしょ？」

デボネアはこくりと頷く。泣き顔で、少々腫《は》れぼったくなった瞼《まぶた》はあるものの、今はどうやら恥ずかしさの方が強いらしく、若干顔を背けていた。

居住区画まで移動する間、デボネアは少し怯えていたが、周りもさほど余裕がないのか、いちいちこちらに構う者はいない。

「あと、帝国軍の服は大体どれもそういう処理がされてるから、気にしないで良いのよ」

処理と言葉を濁《にご》したのはデボネアを刺激しない為だ。

戦闘ともなれば長時間、持ち場を離れることが出来ない場面が殆どである。食事に関しては携帯《けいたい》食糧《しょくりょう》などを齧ればいいが、排《はい》せつに関してはそうもいかない。

そういう意味では帝国軍の衣類はどの種類のものでもそちらのケアは万全《ばんぜん》であり、その点だけは間違いなく褒《ほ》めても良いし、最大最高の発明と言ってもいいだろう。

とはいえ、それは慣れた兵士だからこその言葉であり、ついさっきまではただの生徒だった少女だ。ショックの方が大きいだろう。

「シャワーを浴びたらきっちり寝《ね》ること。目をつむるだけでもいいわ。食事は自分で取りに行きなさい。それぐらいはできるでしょ」

リリアンにしてみれば大した時間ではないが、デボネアにしてみれば気が遠くなるような道のりを経《へ》て個室にたどり着き、逃げ込むように入っていった。

シュンッと自動ドアが閉じられる。

が、すぐさま、手動に切り替わったのか、ほんのわずかにドアが開くと、内側から覗《のぞ》き込むようにデボネアが顔を見せた。

「ありがと……」

小さい声で、礼を述べたデボネア。

リリアンも小さく会釈《えしゃく》をするだけだ。そのまま背を向けて離れようとすると、再び背後からデボネアに呼び止められる。

「ねぇ！　その……あのことは、ごめん。謝る」

「あのこと？」

「だから、戦う前の、あれ」

あぁとリリアンは思い出す。

ミレイの追及に乗っかったことだろうか。

「まぁ本当のことだからいいんじゃなくて？　一々そんなこと気にしないわ。自分の評価は理解してるつもりだから」

「でも……雰囲気《ふんいき》が違う。あんたってもっと……」

「そりゃあそうよ。学生のうちは遊んでおきたいじゃない？」

ついさっき考えた言い訳だった。

我ながら苦しい言い訳だと思うがこれ以上に使える言い訳も存在しない。

「それじゃ。私も休みたいから」

そう言って、リリアンは今度こそ、その場を離れた。デボネアはまだ何かを言いたそうにしていたが、ついぞ声がかかることはなかった。

廊下を歩き、自室を目指す。

（危なげなく初戦は乗り越えた）

行き交《か》う生徒たちを見ながら、リリアンは状況がさほど悪くはないと思っていた。

（問題はここから。戦闘勝利と時間経過による心境の落ち着きで、少し余裕を持ち始めてからが怖《こわ》い。私がそうだったから）

状況に慣れれば余裕も出る。

その余裕は余計なことを起こさせる原因にもなる。

過去の自分の愚行《ぐこう》を他の誰かがやらないとも限らない。

（まぁでも……今は何を言っても身が入らないだろうし、休むとするか）

自室にたどり着くと、リリアンは身に着けていた衣類の全てを脱《ぬ》ぎ捨ててシャワールームへと直行する。今、この瞬間だけはだらけた若い頃のように体を休めても良い。

休むこともまた仕事だ。少し温《ぬる》めのシャワーを浴びて、汗を流した後、下着姿に着替《きが》え、薄いシャツを羽織《はお》ってから、リリアンはベッドに大の字になった。

（さて……次の襲撃はいつだったかしら。すぐ、ではなかった。しばらくは間が空いた。でもなぜだろうか。連続で攻撃を仕掛ければいいものを。何か理由でもあったのだろうか。それとも……敵も今は余裕がなかった？）

その部分は、考えても答えは出ない。

出ないものを考えても仕方がない。

リリアンは目を閉じて、休むことに集中した。

第五章　奇襲《きしゅう》

敵駆逐艦《くちくかん》を撃沈《げきちん》し、丸三日が経《た》った。時間の感覚を忘れない為《ため》に宇宙船は地球時間に合わせて照明が変わる。夜の時刻になれば暗くなるし、朝になれば音楽と共に明るくなる。

たった三日。それだけでも緊張感《きんちょうかん》は解《ほぐ》れ、余裕《よゆう》が生じる。それは決して悪いことではない。適度な緊張感は必要かもしれないが、人間は基本的にリラックスを求める。それに効率のことを考えれば、そちらの方が良いのだ。

またヴェルトールはレクリエーションルームなどの全面開放を行った。休憩《きゅうけい》時間であればシミュレーションであろうが、スポーツであろうが、トレーニングであろうが、それこそ優雅《ゆうが》に紅茶を楽しんでも良い。

これによってストレスの大幅《おおはば》な軽減には成功している。

同時に危機的状況《じょうきょう》という事実は変わらない為、多くの生徒は必死になって自分の仕事を行う。それに関しては前世のリリアンとてそうだった。若干《じゃっかん》の空回りと成果が出ないことへの不満、ステラに対する嫉妬《しっと》、貴族階級という重圧に押《お》しつぶされて脱出艇《だっしゅつてい》を奪《うば》い、脱走などという暴挙に出たという恥《はじ》はあるけれど。

「リリアン様！　どうにかしてください！　このままではワタクシたちの身が危険です！」

が、しかし、どれほど工夫《くふう》しても問題は起きる。大抵《たいてい》、それらは些細《ささい》な問題なのだが、それを放置していては大きな事件へと繋《つな》がっていく。

なので、指揮官候補生たちはそんな悩《なや》みを聞いてあげる必要もあった。

そして、女子生徒の悩みを一手に引き受ける形となったのがリリアンだ。それは前世でも同じようなことをしていたが、違《ちが》うところがあるとすれば前よりも頼《たよ》られる回数が多くなったというところだろうか。

模擬《もぎ》戦の勝利はさておき、先の駆逐艦との戦いでの評価が一体どこからどう伝わったのか。驚《おどろ》きや羨望《せんぼう》、疑い、とにかく様々な視線がリリアンに向けられ、ならばと試《ため》すようにリリアンには女子生徒のお悩みないし苦情相談が殺到《さっとう》していたのだ。

で、今はいわゆる取り巻きと呼ばれる子たちがやってきていた。

「落ち着きなさい。鼻息を荒《あら》くしても、こっちには何のことだかさっぱりよ。具体的に言いなさい」

食堂で、少し遅《おそ》めの朝食を摂《と》っていたリリアンの元にやってきた少女は六名。みな、それなりの位を持つ貴族の令嬢《れいじょう》である。そして一応、リリアンの取り巻きだった子たちだ。

だったというのは、なにも彼女《かのじょ》たちはリリアンの人柄《ひとがら》に惹《ひ》かれて取り巻きをしていたのではなく、ルゾール家という参謀《さんぼう》総長を務める家柄、そしてその娘《むすめ》という立場だから取り入っておけば色々と得をするという判断でゴマをすっておきたい、関係性を近くにしておきたいという政治的な判断で友好的に接していたというのが正しい。

だが、今はそうではないようで、本気で苦情の相談を持ち掛《か》けているようだった。

「どうしたの、顔を赤くして」

息巻いてやってきた少女たちであったが、リリアンが冷静に対処していると、途端《とたん》に顔を赤らめて言葉を詰《つ》まらせる。

（なんだか、最近こういう子ばかり見かけるけど）

若い子というのはそんなに顔を赤くして大丈夫《だいじょうぶ》なのかなと思うリリアン。

それはさておき、少女のうちの一人がきょろきょろと周りを確認《かくにん》して、ぐいっとリリアンに顔を近づけた。

「とても破廉恥《はれんち》なことが起きたのです！」

「だからなに。大体想像はつくけど」

「レクリエーションルームで、野獣《やじゅう》のような目をした男どもが……ぽ、ぽ……」

「ポルノムービーでも観《み》てたのでしょ」

「そうです！　隠《かく》れて！　しかも大勢が！　あぁ汚《けが》らわしい、あんな獣《けもの》たちがこの船の中にいると考えると虫唾《むしず》が走ります！　一刻も早く連中を処罰《しょばつ》するべきです！　そう思いますよね！」

朝食セットの紅茶を飲みながら、それを聞いていたリリアンは前世の記憶《きおく》をたどった。

そういえばそんな事件もあったなと。

そして訴《うった》えていたのは自分だ。

とはいえ、自分は男子生徒がポルノを観ていた場面を直接見たわけではない。今回のように彼女たちからの訴えがあり、騒《さわ》いだというのが実際のところだった。

「おい！　人聞きの悪いこと言うなよ！　俺《おれ》たちはちゃんと隠れてたぞ！　見せびらかしてねぇ！」

そうそうこんな感じで当事者の男子生徒が割り込《こ》んできたのだ。

主犯格……と言っていいのかはわからないが、声を上げたのは何とコーウェンだった。こういう場面で、臆面《おくめん》もなく名乗り出れるのは一つの才能である。

そんなコーウェンが現れると、少女たちは若干わざとらしく悲鳴を上げて、リリアンの右側へと避難《ひなん》する。

「こ、この男です！　見てくださいまし、ワタクシたちを物色するかのような目！」

「おぅおぅ、良くもまぁ言ってくれるな。俺は悩める青少年たちを元気付ける為にだな」

などとコーウェンが左側に立って、リリアンを挟《はさ》んで口論が始まる。

「場所を考えて欲《ほ》しいんだけど。というか迷惑《めいわく》」

「誰《だれ》が手ぇ出すかバーカ」

「ほんと低俗《ていぞく》」

「頭ん中、まっピンクなのはお前らだろ」

さらにややこしいのは、当事者だけではなく、半ば部外者のはずの生徒も男女に分かれて、口論が加速していくということだろうか。

（お盛《さか》んね）

とはいえ、こういう大規模な口論もまたストレスを解消させるには良い余興になる。ヒートアップのし過ぎには注意が必要なのだろうが、感情のぶつけ合いも大切なコミュニケーションとなる。

だが、そろそろ自分を挟んで事が大きくなるのは煩《わずら》わしいものだ。

リリアンは紅茶を飲み干すと、無言のまま立ち上がる。

すると、討論をしていた両陣営《りょうじんえい》が徐々《じょじょ》にだが静かになっていく。

「そんなに元気が有り余っているのなら、艦内マラソンでもなさったらよろしいのではなくて？　私から艦長に掛け合ってあげてもよろしくてよ。艦内の風紀と秩序《ちつじょ》を守る為ですもの」

そう言いながら、食器を下げるべく人の群れを分けてゆくリリアン。

「あぁでも。公共の場で観るのは良くないわね。自分のお部屋で観なさい」

とだけ伝え、リリアンはその場を去った。


が、捨て置くわけにもいかない問題であることには違いなかった。

リリアンは冗談《じょうだん》めいた形で場を収めたが、それはどちらかを過熱させない為だ。一般《いっぱん》常識として公共の場では観るなと釘《くぎ》は刺《さ》したものの、それで全《すべ》てが解決するわけではない。

七十九年も生きてきたのだ。恋愛《れんあい》はさておき、男の悩みというのも多少は理解できる。もちろん女に関しても。

「なんとも低俗な議題だな」

腕《うで》を組んで、吐《は》き捨てるように言ったのはアレスだった。

会議室には各々《おのおの》の指揮官候補及《およ》び班長が集まっていた。

先日から始まった運営会議である。今後の方針や状況確認の為には必須《ひっす》になるとヴェルトールが設けたものだ。

そして会議二回目の議題が、まさしくリリアンが遭遇《そうぐう》した問題なのである。

「禁止だ。禁止。ふしだらな」

アレスは真っ向から切り捨てた。同時に事の発端《ほったん》となったコーウェンをじろりと睨《にら》みつける。

そんな彼《かれ》の双眸《そうぼう》に睨まれたコーウェンはばつが悪そうにしていたが、一応問題の責任者という自覚はあるのか、反論はしなかった。

「いえね、それはそれで危険じゃない?」

が、ここでコーウェンをフォローしたのは巨躯《きょく》の男だった。巨体ではあるが、手足はすらりと伸《の》び、表情もまるで彫刻《ちょうこく》のように整ったその男はサオウ整備班長である。一見すると痩《や》せた長身の男に見えなくもないが、それは見る者の遠近バランスの錯覚《さっかく》で、実際は肉体の頑健《がんけん》さが目立ち、胸板《むないた》も厚く、両の手足はぎっちりと筋肉が詰まっているのがわかる。

「抑圧《よくあつ》することがかえって毒になる。風船に水を詰め込むようなものよ。ある程度は耐《た》えられても、オーバーすれば、ボンッ」

「同感だ。俺たち戦闘《せんとう》部署はまぁ、ある程度はシミュレーションや訓練での発散はできるが……コーウェンのような多感な奴《やつ》がいるのも事実だ」

アルベロ戦闘機班長もサオウの意見に納得《なっとく》してみせた。

アルベロはどちらかと言えばアレス寄りの少年ではあるが頑《かたく》なすぎるということはない。

「隠れて観る分にはいいんじゃねーの? つーかさ、大体どういう状況でバレたんだよ」

そもそもの議題に興味がないのがデランである。

「そ、それはだなぁ……お、俺たちの名誉《めいよ》の為に言うが真昼間には観ねぇぞ！　真夜中、そう真夜中だ。仲間集めて、それで……そうだよ、なんであいつら真夜中にレクリエーションルームにいるんだよ！」

あいつらとは女子生徒たちのことを指していた。

「恋人《こいびと》と待ち合わせでもしてたんじゃない？　やることはみんな同じってわけ」

三日も経ち、調子が戻《もど》ったらしいデボネアは茶化《ちゃか》すように言うと、彼女の隣《となり》に座《すわ》っていたミレイが反応を示した。

「ま、待ち合わせ！　真夜中に！」

思った以上にうぶだったらしくミレイは顔を赤くした。

「そりゃお互《たが》いパートナーぐらいはいるでしょ。そういう状況だから、ほら、燃えるわけじゃない？」

「り、理解できないんだけど……死ぬか生きるかの問題に直面しているのに」

「だからよ。まぁ、だから危ないってのはわかるけどね。暴走されちゃ面倒《めんどう》だし」

そんな会議内容を聞きながら、リリアンは過去の思い出を探《さぐ》る。

確か、コーウェンの秘密の上映会を発見したのは取り巻きの一人。そしてその子が生活班の少年と良い感じになって夜中に逢引《あいびき》をしようとしたら、偶然《ぐうぜん》それを見かけたというのが発端だったはず。

なのでデボネアの予想は当たっているのだ。

「私としては、別にポルノを観るのは構わないわよ。公共の場でなければね」

リリアンはそういうことも踏《ふ》まえて発言した。

「え、意外。そういうのうるさい方かと思った」

デボネアはちょっとだけ目を見開いていた。

「そりゃまぁ、思うことはあるけど、生理現象でしょ。仕方ないわ。下手に他人に手を出して空気が悪化するよりはいいし。公共の場でなければね」

「二回も言わんでいい！　反省してるよ！」

「ポルノを観ていようが、カップルが夜中にお盛んなのもまぁ構わないのだけど」

「おい無視するなよ」

「節度は守らせるべき。幸い、私たちの制服って位置情報がわかるようになってるじゃない？　あと携帯端末《けいたいたんまつ》とかタブレットとか」

それらは遭難《そうなん》した場合などに位置を特定させるものだ。

プライバシー保護の観点で少々問題ともされているが。

「仮に酷《ひど》くなるようであれば、監視員《かんしいん》を設ける。プライバシーの観点から推奨《すいしょう》はしたくないけど、これはまぁ最終手段。ただ今回の件を収める為にもわかりやすい罰則《ばっそく》規定ぐらいは考えるべき。そうねぇ……一時間分の酸素だけ与《あた》えて命綱《いのちづな》一本で宇宙遊泳とか」

その瞬間《しゅんかん》、コーウェンはぎょっとしていた。

「妥当《だとう》だな。俺は賛成するぞ」

きっぱりと言い切るアレス。

「いやアブねぇだろ」

さすがにそれはという反応を示すデラン。

そのほかも反応は半々といったところか。

「もう少し、緩《ゆる》い方法はないのかいリリアン？」

さすがに過剰《かじょう》だと判断したのかリヒャルトが訴えると、リリアンは微笑《びしょう》を浮《う》かべた。

「ええ冗談ですわ。実際は宇宙服で艦外活動のことです。清掃《せいそう》や浮遊物《ふゆうぶつ》監視を目視で行わせるのだとか。宇宙空間で宇宙服一枚と命綱一本での作業、しかも今は危機的状況。妥当な処罰かと。まぁ今回程度なら艦内をフルマラソンさせる程度でしょうか」

妥協点も提示しておく。

「……わかった！　責任を取る！　やるよ！」

意を決したように、コーウェンは頷《うなず》き立ち上がった。

「う、宇宙で掃除《そうじ》、それをする。それぐらいのことは、責任を取る。だから、他の参加者たちは見《み》逃《のが》してくれ」

「ほう？」

そんな男らしい発言にヴェルトールは少し関心を示した。

「良い心掛けだ。コーウェン。君も責任感が強いようだ。だが、君が行うべきはマラソンだ。現時点では、まだティベリウスの完全な安全は確保できていない。もちろん……度し難《がた》い問題が起きた場合はその限りではないが、今回はまだ笑える程度だ。罰則規定の細かな内容はこれから話し合うとして、コーウェン砲術長《ほうじゅつ》。君には今をもって艦内のフルマラソンを始めてもらう。いいな？」

「ハーァッ！」

コーウェンは見事な敬礼を見せて、きびきびと動き始めた。

そんな光景を見てリリアンもほほ笑《え》む。今はまだ、その緩さが許されるのだ。

もうじき、新たな敵襲が訪《おとず》れるのだから。

新しい問題も。

それらをどう対処するべきか、リリアンは笑顔の内側で、そんなことを考えていた。

（敵と戦っている方が気楽。そんなことは口が裂《さ》けても言えないわね）

自分でも恐《おそ》ろしいことを思いつくものだと自嘲《じちよう》する。

そのようにして、会議が終了《しゆうりよう》する最中《さなか》。

「あぁ、そうだ。ルゾール、少しいいか？」

リリアンはヴェルトールに呼び止められた。

かつての自分であれば舞《ま》い上がっていたことだろうが、彼がリリアンに関心を示すことはなかったし、名前を呼ぶようなこともなかった。

故《ゆえ》に、これもまた変化の一つだった。

「まぁ楽にしてくれ。何か飲むものでも……と言っても、ここにはコーヒーしかないが」

場所は艦長室。暫定《ざんてい》艦長のヴェルトールの自室としてあてがわれた部屋だ。

訓練に使われるとは言ってもティベリウスは実戦用の戦艦。艦長室も広く、快適だ。

「デートのお誘《さそ》いかしら？」

状況としては二人きり。

とはいえそんなものではないことぐらい今のリリアンなら理解している。なので、少しからかってみると意外な反応が返ってきた。

「そんなわけがあるか」

小さく噴《ふ》き出したヴェルトールという前世ではまず見かけなかった少年らしい姿がそこにあった。

（あら意外）

それに関しては純粋《じゅんすい》にそう思った。

「ンンッ。そういうのではない。少し聞きたいことがあっただけだ」

咳払《せきばら》いをしながら仕切りなおすヴェルトール。

彼は艦長用のデスクに、リリアンは応接客用のソファーに腰《こし》かけた。

「ええ、承知していますわ。冗談ですよ」

「それだ、それ。お前、本当にルゾールなのか……？」

やれやれと頭を振《ふ》りながらも、その直後にヴェルトールはどこか毅然《きぜん》とした口調で言い放つ。そうすると場の空気が張り詰める。

（ふぅん。ま、彼ならば気になるところでしょうね）

一方のリリアンもヴェルトールの用件をなんとなく理解していた。

彼は優秀《ゆうしゅう》で聡明《そうめい》だ。それは皮肉なしで、本当のことである。だからこそ、リリアンの違いというものを理解する。

今でこそ危機的状況故に多くの生徒は気にもしない、むしろ今のリリアンをどこか頼りにしているが、疑問を抱《いだ》くものとて数人はいる。デボネアですらそうだったのだ。

ヴェルトールは立場上、その疑問を解消せねばならないのだ。

「この遭難が始まってから、お前には助けられている。感謝もしている。これは本当だ。だが、はっきりというと、なぜ今までがあぁだったのだ」

「そりゃあ、学生のうちは楽しんでおきたいじゃないですか」

以前デボネアに返した答えそのままを伝える。現状、これ以外に理由を思いつかないし、下手に付け加えるよりはまだマシだ。

「楽しむ……か。その気持ちはわからなくもないがな」

だがそれだけで納得するわけではないのがヴェルトールだ。

そもそもこの言い訳自体が無理のある内容なのはリリアンとて理解している。

「それに、こんな状況ですもの。ふざけて命を落とすよりは、真面目《まじめ》に取り組む方が良い。当然の考えでしょう?」

「昔、能ある鷹《たか》は爪《つめ》を隠すなどという言葉があったらしい。お前がそうであるというのなら、それは納得しておこう。だが……」

「あなたはこう言いたい。この不可解な現状、何か意図されたものを感じる。だから気になる」

「……お前は」

図星を突《つ》かれた、という風な顔を見せるヴェルトール。

彼もこの事件を単なる事故とは思っていないということだ。おそらくそれは前世もそうだったのだろう。

「お前も、気が付いていたのか？　このワープ事故が、何か奇妙《きみょう》だということに」

「ええ、普通《ふつう》はあり得ない事故ですから。ですが起きてしまった。ですが、原因を探ろうにも、この状況ではそれは難しい……艦内に余計な不和を生じさせる。大体はこんなところでしょう」

「……怖《こわ》いぐらいに俺と同じ考えなのだな？　では聞こう。これは何者かによる仕業《しわざ》だと思うか？

そしてお前は、それが誰の手によるものだと考える？」

ヴェルトールの質問には、こちらを疑うような意図はなかった。

「おや、私を疑わないのですか？」

なのであえて質問を返してみる。

「最初のうちはそう思った。だが、お前の行動を鑑《かんが》みればこんなことをする必要性がない。むしろ愚者《ぐしゃ》を装《よそお》い、場を引っ掻《か》き回す方がまだ疑いようがある。あの場で豹変《ひょうへん》したかのように頭角を現すのは疑ってくださいと言うようなもの。だからこそ、違うと判断した」

「それはそれは……」

もしかして、前世はそういう風に疑われていたのだろうか？

「誰がやったのか。それはわかりません。仮に調べようとしたところでもう証拠《しょうこ》も処理されているでしょう。今から詳細《しょうさい》を徹底《てってい》的に調べるのであれば、可能性もなくはないでしょうが、それを実施《じっし》するにはクルー全員への認知が必要になる……そして犯人捜《さが》しは空気を悪くする。同時に、その犯人を泳がせておけば、もしかすればこの艦の安全はある程度確保されるかもしれない。天秤《てんびん》にかけるのはこのあたりではなくて？」

ヴェルトールの沈黙《ちんもく》は同意であるという意思表示だと受け取った。

「念の為、言っておきます。犯人が誰なのかは全く見当もついていません。その目的も。とにかく今は地球へ帰還《きかん》する。それしかないでしょう。今ここで、目的をブレさせるのは得策ではない」

地球への帰還。この目的で一丸となっている空気を壊《こわ》すのは事態をややこしくする。

それはヴェルトールも理解しているようだった。

「たとえ犯人を見つけ出しても、疑心暗鬼《ぎしんあんき》は増える。そうなれば内部崩壊《ほうかい》だ。もどかしさ、内面的な不安を抱《かか》えることになるが、今は放置するしかない。もしも、お前が黒幕なのだとすれば、この状況は願ってもないことかもしれんが」

目の前にリリアンがいるというのにそういう風な言葉を発するのは、まだお前を疑ってはいるということなのだろう。だが、同時に今は一応信用してやるという風にも取れる。

そしてこのようなことを共有する時点で、恐らくヴェルトールは自分になにかあればリリアンを疑うように仲間内に共有している可能性もある。

あの場には彼の副官を自称《じしょう》するリヒャルトも盟友たるデランやアレスもいたし、ほかの面々もいた。

(彼らの中にスパイがいる可能性もある。だけど、現状一番疑わしいのは実際私。まぁこれは妥当な警戒《けいかい》ね)

用心深さと大胆《だいたん》不敵さ。やはり、この少年は優秀だとリリアンは改めて認識《にんしき》する。

(本当に、彼は生き残るべきだ。ステラと同じく、今後の帝国《ていこく》を引っ張る存在になる)

放《ほう》っておいてもヴェルトールは昇進《しょうしん》するし、成果も出す。その邪魔《じゃま》をしなければいいだけの話だ。

それに……若いカップルを引き裂いた負い目もある。

「さて……そろそろよろしいかしら？　こう長い時間、殿方《とのがた》のお部屋に二人きりでいると、妙な噂《うわさ》が立ちますし。ステラ……だったかしら、あの子にも悪い気がしますので」

「むっ、なぜそこでステラが」

「あら、お付き合いなさっているのでは？」

「付き……！　突然《とつぜん》何を！」

「だって、二人きりで展望デッキにいたら、ねぇ？」

「あ、あれはだなぁ！」

これまた意外な姿だ。

前世では大人びていて、颯爽《さっそう》とした大人の男として見ていたヴェルトールも、今は年頃《としごろ》の少年らしい姿を見せていた。

それはリリアンの内面が老婆《ろうば》だからそう感じ取ることが出来たのかもしれないし、同時に彼の秘密の一つを知ってしまったからだろうか。

こう、なんというべきか。可愛《かわい》い孫を見る気分だ。

「オホホ、これはぜひとも生き残らなければいけませんわね？」

わざとらしくからかってみると面白《おもしろ》い反応が返ってくる。

ヴェルトールも自分がからかわれていることに気が付いたのか、深呼吸して自分を落ち着かせる。

「もういい。話はそれだけだ」

腕を組み、もうこれ以上は話すことはないという態度を見せるヴェルトール。

さすがにしつこく何度もからかうのは可哀《かわい》そうであるし、リリアンも切り上げ部屋を後にする。

「うん？」

その時だった。

「ふぎゃっ！」

扉《とびら》が閉まると同時に、三人の少女が背中を見せて走り去ろうとするが、躓《つまず》いて転んでいた。

それがステラとデボネア、フリムであることはすぐにわかった。

「珍《めずら》しい組み合わせね」

リリアンは三人の近くに寄ると、少女たちは互いに顔を見合わせて恥《は》ずかしそうにうつむいた。

「あんたがどんくさいから……！」

デボネアはステラをキッと睨みつけるが、それは恥ずかしさを隠そうとしているだけなのはわかる。

「ご、ごめんなさぁい……」

小動物のように小さくなっていくステラ。

「はぁ……どうせこうなると思った」

フリムはやれやれと呆《あき》れたように頭を振っていた。

大方の察しは付く。問題はさて誰が発端なのかだが……。

「うぅ、だってリヒャルトさんがぁ……」

答えはステラがあっさりと教えてくれた。

（あいつかぁ……二人きりで密会してるとか適当なこと言ったんでしょうね）

彼なら面白がってやりそうだ。そしてそれを止めようとしたのがフリムだが、二人の勢いに呑《の》まれて結局ずるずるここまで来てしまったというのが話のオチだろう。

「全く……ちょっと待ってなさい」

仕方がない。ここは老婆が一肌脱《ひとはだぬ》いでやろう。

リリアンは小さくため息をつきながら、艦長室の扉を再び開く。

「む、なんだ？」

事務仕事を始めようとしていたらしいヴェルトールが怪訝《けげん》な視線を向ける。

だがそんなことはお構いなしに、リリアンは倒《たお》れているステラの腕を取って立ち上がらせると、そのまま艦長室へと押し込むように背中を押した。

「うえ、えぇ？」

突然の事すぎて混乱するステラ。

「な、なんだ？」

ヴェルトールも同じ反応だ。

「彼女、あなたに用があるみたいだから。それじゃ、あとは若い二人にお任せしますわ」

と言って問答無用に扉を閉める。

「さて……」

一仕事終えた風にパンパンと両手を叩《たた》くリリアンは残ったデボネアとフリムに視線を向ける。

「紅茶でも飲む？」

その言葉に二人は、きょとんとしながらも「は、はい」と小さく頷いた。

＊＊＊

さて、駆逐艦との戦闘から五日後のことである。

未来は少しではあるが、変わっている。

リリアンは交代時間の中、自室で現状をまとめていた。

まず一つは自分という存在。これが一番大きい変化なのは間違いない。【なぜ】は最早《もはや》考えないことにした。

次に起きた変化はティベリウスの損傷。前世では奇襲を受け、サブのスラスターが損傷、これによって今のような超《ちょう》高速巡航《じゅんこう》は不可能であった。

これに伴《ともな》い多少の余裕もあるからなのか、前世とは違い訓練を実施することも出来た。

訓練とは言っても各セクションの動きを確認する程度のものだが、これが実施できるだけでも咄《とっ》嗟《さ》の事態に対応できる速度が変わるのだ。

かつては危機的状況とその打破ばかりで気が休まることもなく、艦内の空気も若干ギスギスしていた。当然、その最もな原因は自分にあったのだが、今思えばよくあれで生きて帰ってこれたものだ。

そしてこれも重要なことだが、脱走という愚《おろ》かな行為《こうい》が今の所は起きていない。

元は前世で自分が招いた出来事であった。今回は他の誰かが行うかもしれないという不安もあり、事前に格納庫の面々には厳重な管理の指示を出しておいた。

幸い、脱走を扇動《せんどう》する者がいない為か、今の所は大きな問題は起きていない。だが、ストレス自体はどうあがいても積もり積もっていくものである為、油断は禁物だ。

「しかし、悪い方向ではない。かといって劇的に良い方向でもない。ちょっとマシになった程度、か」

艦内における暫定的な罰則規定も一応は抑止力《よくしりょく》として働いているのか、今の所は生徒たちも禁欲的な行動を心掛けているようだ。

このあたりはお調子者のコーウェンが、意識が飛ぶ寸前までマラソンをしていたという事実が、罰則の本気度を見せたということだろう。

「宇宙遊泳は冗談ではないいんだけどね。まぁ、それは本当に危ないことをやらかした馬鹿《ばか》を見せしめにするとして……」

一時間の酸素と命綱一本の宇宙遊泳という罰則を行わせない為にも、良い方向での変化というものが必要となる。

それらに関する不安は班長会議でも議題に上がった。提案をしたのはリヒャルトで、思い切ってパーティーなどを開催《かいさい》して一時的にでも英気を養うのはどうかというものだ。

食糧《しょくりょう》等の備蓄《びちく》に関しては大きな問題はないと生活班長のバネッサという赤毛の丸っこい少女が付け加えていた。元来、宇宙船には必ず常備させなければいけない物資がある。その内の一つが食糧や水だ。

食糧の備蓄は三年。全て冷凍《れいとう》保存。水も同様であるが、超高性能ろ過・浄化《じょうか》システムという人類の歴史の中でも天才の発明と呼ばれたこの装置のお陰《かげ》で、かなりの使いまわしが可能となっていた。

そう言った関係で、別にパーティーそのものを実行するのは全く影響《えいきょう》は出ないという判断だったのだ。

しかし、やはり現状では安全を確保できたとは言い難いという意見によっていったん保留という形で収まった。

本当は誰もが息抜《いきぬ》きをしたいのに。

「こういう時、カップルはやっぱり燃えるものなんだろうか」

ふと自分でも下世話な考えが脳裏《のうり》をよぎった。

「そういえばあの後二人はどうなったのかしら」

ヴェルトールとステラを二人きりにした後のことはノータッチだった。

まぁそれに関してては自由にしてくれといったところだ。あまりにも度が過ぎれば艦長といえども、コーウェンのようになるだけだし。

「あぁ、やっぱり敵が来てくれた方が適度な緊張になるわね。絶対にみんなの前では言えないけど。というか私は、そんなに戦争ジャンキーだったかしら」

もしかすると、普段は考えないようなことばかり考えているせいで、自分にも知らず知らずのうちにストレスがかかっていたのかもしれない。

当たり前だがまともな艦隊運用すら本来ならしてこなかった人間だ。らしくないことを考えているのは自分でもわかる。必要だから色々と頭をひねっているわけだが、どうやらそれは思っていた以上のようだ。

「お気楽だった頃が懐《なつ》かしい。あれも一つ重要な才能だったのかしら」

とりあえず、若い頃のように何もしたくない時はベッドに倒れる。

前世の時も、左遷《させん》を受けた時はこうやって何度もベッドに寝転《ねころ》がり、時間を潰《つぶ》していた。歳《とし》を重ねるにつれて、それすらも出来なくなり、最終的には車いすで生活していたのも何故《なぜ》だか遠い思い出のように感じる。

それは若くエネルギッシュな肉体を手に入れたからだろうか。だとしても欲におぼれるような生き方が出来ないのは染《し》みついた感性だろうか。

今はそれに感謝はしている。愚かな行為をせずに済むし、何よりあの未来を知っているという自覚もある。

だから自分は——思考を遮断《しゃだん》するように、ドアベルが鳴った。まるでアンティークのベルのような音。帝国の懐古趣味《かいこしゅみ》はたまにおかしなところで盛り込まれている。

これもその一つだ。

無視しても良かったのだが、ベルの次に聞こえてきたのはデボネアの声だった。

「あのさ、ランチいかない？」

あの初戦を越《こ》えてからだ。どうやらデボネアに懐かれたらしい。

これも変わった未来の一つだろう。

「あ、いや、無理だったらいいよ。ごめ——」

「いいわよ。行きましょう。お腹《なか》も減ったし」

思えば、友達《ともだち》付き合いってどうやるのだろうか。

前世でも、一応友達はいたと思う。多分。取り巻きの女の子たちも決して悪い子たちではなかった。ただ軍人としては生きていけないし、緊急事態でまともでいられる程《ほど》強い子たちじゃなかったというだけだ。

この時代でも、彼女たちとは多少の付き合いは続いているが、前程べったりではなくなった。自分が距離《きょり》を取っているというのもあるが、少し冷たかっただろうか。

「もしかして、寝てた？」

「ううん。色々とまとめることがあったの。でも面倒になったから放り出していただけ。良い気分転換《てんかん》よ、ありがとう」

「そ、そう？　それならよかった」

その後は、食堂で適当に料理を選んで、調理されるのを待つ。

なぜかデボネアは向かい合ってではなく、リリアンの右隣に座っていた。

「艦内食って美味《おい》しいけど、レパートリーはあんまり多くないですよね。なんていうか行きつけの定食屋の全メニューを制覇《せいは》出来ちゃう感じというか」

「どういう喩《たと》え？」

デボネアの喩えがいまいちピンとこないリリアンであるが、味に関しては頷く。

帝国軍の良いところは艦内食がうまいことだ。そして料理人たちも本格的である。軍人、というよりは戦艦勤務をせずとも店を構えられるぐらいには腕がたつ。

「それにしても……なんか、活気がないよね」

食事を待つ間のおしゃべり。

だが、明るい話題をしようにも周囲の空気はちょっと元気がない。

「仕方ないわ。まだ警戒しなきゃいけないわけだし。ただ、いつまでもそういうわけにもいかないのだけど。何か大きな変化があれば、良くも悪くも変わってしまうものよ」

「そう、だね。この先も、もしかしたらまた、ううん、絶対に戦いになるんだよね」

「間違いなくね。これは避《さ》けられない事実として」

「正直さ、嫌《いや》だなぁって。この学校入った時はさ、まさか本当に戦うことになるなんて思ってなかったし。卒業して、資格だけ取って、あとは一般就職とかさ」

「良いんじゃないそれも。軍人になれと強制してるわけじゃないし。まぁ一応、うちは軍学校なんだけどね」

とはいってもだらけきっている帝国軍だ。

辺境宙域では宇宙海賊《かいぞく》が暴れていたりもするし、少なくない被害《ひがい》も出ているが、本土である地球ではそんなことは対岸の火事といったところだ。デボネアのような考えは少なくはない。

だが事ここに至り、その考えを改めなければいけないことはクルーが全員認めるところだろう。それに適応できるかどうかはまた別だが。

「私さ、正直怖いんだよね。艦橋にあがるのも。もしビームが直撃したらって思うと。体の震《ふる》えが止まらない。攻撃《こうげき》で艦が揺《ゆ》れるのだって、今は怖い。リリアンは、怖くないの？　なんか凄《すご》く堂々としてる」

「うーん。答えに困るわね。恐怖《きょうふ》がないわけじゃないわ。本当よ」

だが、慣れてしまっているのは事実だ。

それにある程度の未来を知っているという部分も余裕に繋がる。その未来も少し変わり始めているので、油断はできないのではあるが、やはり彼女たちよりはいくらか楽だろう。

それでも一番大きいのは、実戦経験の有無《うむ》なのだろうけど。

「私さ、怖いけど、リリアンになら付いて……」

「ご同席いいかしら？」

デボネアが何かを言おうとしたその途中、割り込む形となったのはフリムだった。

彼女は五つのハンバーガーを皿の上に山積みにして運んでいた。

「あら、フリム。あなたも休憩？」

「ええ、一段落付きましたから」

フリムはそう言いながら、ちらりとデボネアを見る。

「む……」

対するデボネアは睨むわけではないが、ちょっと困ったような仕草をしていた。

「ごめんなさいね？　お邪魔だった？」

「そんなんじゃない。良いわよ、ほら」

くすりとフリムが小さく笑うと、デボネアはちょっとだけムキになったのか、自分の前の席を指さして、着席を促《うなが》す。

フリムは微笑を続けながら、それに従うのであった。

「……なんでハンバーガー。しかも五つ」

デボネアは山積みのハンバーガーを見て、驚いていた。

「好きなんです」

「うん、それは良い。私も嫌《きら》いじゃない。よく食べられるわね。って、全部チーズ盛りだし」

「チーズも好きなの」

「胸やけしない？　というか太る……」

う「うふふ」

太らないのとでも言いたげな笑みを浮かべるフリム。

「聞きましたよ。この五日間、訓練スケジュールの組み立てなどをなさっていたと」

ヴェルトールらを含《ふく》めた艦橋組は結果的には首脳陣のような役割を持つ為、そういった仕事も行。

「大変でしょう?」

「まぁそうね。でも艦というのはクルー全員で動かすものだから、いざというときに動けるようにしておかなくちゃいけないわ。それよりそっちは？　怪我《けが》とかは少ないけど、今は精神的に参ってる子も多いだろうし、他にもいろいろとあるだろうから、医務は大変じゃない?」

「そうですね。医務班長のジェイムソンも精神科医を雇《やと》えってぼやいてます」

「一応、そっちのコース取っている子もいるでしょう?」

「ダウンしてます」

「あらら」

それはお手上げだ。

とすれば今、一番激務なのは医務なのかもしれない。そう考えれば、ハンバーガーの五つぐらい、食べる権利はあるだろう。

そうこうしている内にリリアンとデボネアの料理も届く。

「あぁ、そういえば。ステラはまた、なにか迷惑をかけていませんか?」

三人の料理が揃《そろ》ったところで、食事が始まり、会話も再開する。

「あぁ、そういえばあの子、スルーしてたけどなんで妙に戦闘の話ができるの？　なんか不思議な子だったけど、あの子、どういう子なの？　若獅子《わかじし》君たちにも何度か勝ってるって話だし」

デボネアにしてみれば、リリアンもそうだがステラという少女も不思議に映る。

「ゲーム好きなのよ」

対するフリムはさらりと答えた。

「そう？　才能だと思うけど」

「甘《あま》やかしちゃ駄目《だめ》なの。調子に乗ると、色んなことに首を突っ込むんだもの……」

「あ、いたいた！　すみませーん、ルゾールさーん」

「そうこんな感じで……はぁ」

食堂に響《ひび》く大声。

ぺろりとハンバーガーを二つ完食していたフリムは聞こえてきた声に悩ましい顔を浮かべていた。

そんな彼女の感情など露知《つゆし》らず、のんきな顔のステラがまるで子犬のように駆《か》け寄ってくる。

「うぇ、フリム……」

そして今最も会いたくない存在にも気が付く。

「なによ、その、うぇって。失礼ね」

「ご、ごめん……」

「また悪だくみ？」

「ち、違うよぅ。整備科のみんなでちょっと話し合ったことがあって、その相談に……」

ステラはちらちらと助けを求めるような視線を向けていた。

「良いわよ。聞くわ。でも大声は駄目よ」

「ごめんなさい……で、話なんですが」

ステラはぺこりと周囲に頭を下げると、それはそれとしてと言った具合にリリアンに向き直り、話を進める。

「なんとなく思ってたんだけど、マイペースすぎない？」

そんな行動を見て、デボネアも困惑《こんわく》気味だった。

「いつもよ……」

そしてフリムは頭を抱えた。

そんな二人の視線など気にせず、ステラは話を続けた。

「実は戦闘機科の人とも共同で会議をしていて。早期警戒を実施した方がいいって話が出たんです。ティベリウスには三機分の早期警戒用装備があります。これで周辺の警戒を定期的に行うことで奇襲を防げるかもという判断でして。それと、戦闘機科の人たちも今は、その、お仕事が」

「そうねぇ。シミュレーション訓練しかできないものね……それに早期警戒か……」

ステラの提案に対して、リリアンはあることを思い出していた。

自分が行った脱走劇。実はあれには迷惑なだけではない一つの利点があった。怪我の功名というべきか単なる偶然というべきか、敵の存在を察知したということだ。

実際は追いかけられて死ぬ寸前だったのだが。

（もしかして、これがあの脱走劇の代わりに起きる出来事？）

それはいささか飛躍《ひやく》した思考だが、作戦そのものとしては実行する意味があると判断した。

「艦長に相談してみるわ。食事の後でね」

未来は、どうやらズレているようだ。

＊＊＊

早期警戒任務が実施されたのは六時間後のことであった。

ヴェルトールは即座《そくざ》に許可を出した。だが条件として、戦闘機科及び戦術家、ＣＩＣ勤務の生徒たち全員での徹底的な会議とシミュレートを厳命。同時に整備科にも三機の早期警戒用レーダードーム（レドーム）の完璧《かんぺき》な点検も付け加えた。

それを考えれば、六時間というのは準備としては非常に短い時間でもある。

またティベリウスに搭載《とうさい》されている一六機の艦載機の全てを出撃させる事は許可されなかった。

母艦の護衛の為に残す必要もある。その為、出撃できるのはレドーム装備の一機、護衛四機が限界というのだ。

護衛を率いるのは当然、戦闘機科班長であるアルベロ。そして彼が選出した三名のパイロット。

残りのレドーム装備にはデラン。そして万が一の為ということで整備士のステラが同行していた。

レドーム機を中心に、四機の護衛機が宇宙を行く。

戦闘機とは言うものの、宇宙空間で戦うそれは航宙戦闘機と区別されるものであり、従来の航空機とはまた違う種類である。

具体的に言えば、超々小型の戦闘艇と呼べる代物《しろもの》で、その形状は従来のものとは少し違う。旧世紀の筒状《つつじょう》のロケットのような胴体《どうたい》を持ち、そこに両翼《りようよく》や尾翼《びよく》などを付け加えたような形をしている。

機首には固定型の機銃《きじゆう》、機体の上下装甲《そうこう》には回転式の迎撃《げいげき》機銃があり、一応全方位に対応できる形とはなっていた。

またレドーム装備は戦闘機としての役割ではなく、半ばレーダーに特化した宇宙船に近いもので、簡易的な指揮システムを搭載していた。

で、あるならば空母を得意とするデランが同行するのは当然とも言えた。

『艦長代理殿の考えはよくわからんな。いや、この場合はメインオペレーター殿というべきか』

部隊の先頭を行くアルベロは、自身の後方を飛ぶ足の遅いレドーム機の乗員についてぼやいていた。

デランが付いてくるのはわかる。空母の指揮を執《と》ると息巻く奴だ。それなりに仲も良い。

だが、オマケの少女については正直、よくわからない。

今回の偵察《ていさつ》において、確かにレドームという装備は精密機械である。それに、ワープ事故から今まで、整備科の面々があらゆる電装部位の確認を行っていることも知っている。

だとしても、アルベロからすれば理解し難いものだった。

『それで、指定のポイントに到達《とうたつ》した。本当にここで待機するのか？』

「あぁ。ここからレドームと同期させたドローンも使ってさらにレーダー範囲《はんい》を広げるんだとさ。ルゾールが一体何を考えているかは俺もよくわからんが、ドローンも贅沢《ぜいたく》に使っているんだ。何かあるんじゃねーの？」

ティベリウスのレーダー範囲ギリギリの宙域に留《とど》まる戦闘機隊。ここでレドーム機とティベリウスのレーダーを同期させることで、レドーム機の捉《とら》えた情報を逐一《ちくいち》ティベリウスへと送信できる。

それと同じことを観測ドローンを使ってさらに範囲を広げる。

ドローンにも一応の推進機関が存在するので、多少の時間はかかるが、確かに安全な方法と言えた。

「しっかしわかんねぇなぁ。ドローンもたくさんあるわけじゃないぜ？　なんで使い潰す前提なんだ？」

ティベリウスに搭載された観測ドローンは当たり前だが有限である。その数、三六機。

帝国の支配領域であれば補給も出来るだろうが、未《いま》だにいつ帰還できるか定《さだ》かではない状況において、仮に四〇機あろうが一〇〇機あろうが、貴重な代物である。

今回はそれを五機も使い、しかも回収は考えなくていいときた。

「簡単ですよ。人命最優先です。ヴェルトール艦長も、リリアンさんも人が死ぬよりは機械が壊れる方がいいと判断したんだと思います」

コクピットの後部座席でレドームやドローンの状況をチェックしながら、ステラはデランの疑問に答えていた。

「それに……」

「いえ、これは私の考えすぎならいいんですけど。多分、仮説を検証したいのだと思います」

「ん？　なんだよ」

「仮説？　なんのだよ」

ステラの言うことをデランはいまいち理解が出来なかった。

人命優先なのは良い。冷静に考えれば恐らく自分もドローンを活用したかもしれない。反論してみせたのは、デランの内側にまだリリアンへの対抗心《たいこうしん》というか、抵抗心《ていこうしん》がくすぶっているからというのもある。

だが、それを理由に何もかもを拒否《きょひ》するということはありえない。

「あの、例えばなんですけど。どうして、敵はティベリウスにまっすぐ向かってきたのでしょう？」

『所属不明の戦艦が自分たちのテリトリーに入ってきたら警戒、調査を実施するのは当然ではないか？』

通信回線は開いたままであり、ステラの疑問に対してアルベロが答えた。

「はい。普通に考えればそうです。ですけど、私たちが今やっていることってなんですか？」

『偵察だが』

「そうですよね。仮に地球帝国軍が自分たちの支配領域であっても、宙域の全てを網羅《もうら》出来ていると思いますか？　レーダーだって無限に伸びるわけじゃありませんし、どうしても穴は生じます」

「あの艦が、たまたまティベリウスを見つけた……俺たちはレーダーにかかった……いや違うな……」

デランとて指揮官候補、提督《ていとく》候補である。提示された情報を組み合わせれば、見えてくるものがある。

「言われてみればおかしいことだよな？」

『どういうことだデラン。俺たちには話が見えてこない』

「なぁアルベロ。俺たちは、事故でこの宙域にいるんだよな」

『そうだと聞いている。ワープ機関も実際、故障している』

「あぁ、事故だ。そのはずだ。その割にはあの敵艦、妙に早く俺たちを見つけたよな」

『それはだからレーダーが』

「敵のレーダー捕捉《ほそく》距離がどの程度なのかは知らねぇけどよ。ピンポイントで俺たちがそこにやってくることを理解してなきゃ、あんな短時間で見つけて迷いなく攻撃してくるか？」

そこまで説明されれば、アルベロとて理解はできる。

同時に顔を青くしていた。

『待ち伏《ぶ》せ……？　いやでも、なんでだ。どうやってだ』

「それを調べたいんじゃねーの？　なるほど、だからドローンを使うのか」

デランはある程度は納得できた。

こちらの位置情報はもしかすると筒抜《つつぬ》けなのかもしれない。

だがそれはまだ仮説、疑問の領域にいる。

それにまだわからないことがある。敵がこちらの位置を知っているのなら、なぜ連続で攻撃を仕掛けてこないのだ。

もちろん相手にも何か理由があるのかもしれない。ならばそれも探りたいというわけか？

どちらにせよ、デランはこんな先々のことを考えている連中に脱帽《だつぼう》するしかなかった。

（一体あいつらの頭ン中はどういう思考が渦巻《うずま》いてんだ？　それに、ステラもだ。何が見えているのやら）

末恐ろしいとは思わない。

むしろ頼りになる。

それは本心なのだが、理解が出来ない部分があるのも本当だ。

「もちろん、このまま何もなければそれが一番なんですけどね」

「それはそうなんだが……」

今現在、レドームには何の反応もない。

ドローンは先ほど飛ばしたばかりなので、効果を発揮するのも時間がかかるだろう。方々に展開した観測システムが何を捉えるのか、興味はあるが、何かを捉えればそれは面倒なことになるのと同じだ。

「ドローンは意外と目立つからな」

ドローンとは言うがその大きさは戦闘機並みだ。そんなものが動いていれば敵のレーダーに捕捉されることだろう。

そして恐らく、それすらも織り込み済みだということだ。

(偵察？　俺にはこれが奇襲を仕掛けているようにしか見えねぇんだよな)

敵をあぶり出したい。そんな意図が見えてくる。

そう言えば幼い頃に見た教育系アニメで、猫《ねこ》は自分の尻尾《しっぽ》で釣《つ》りをするなんてシーンがあった。今
自分たちがやっているのはまさしくそれではないだろうか。

(いや、まさかな)

それはいささか考え過ぎだろうか。

(けど、確かに気になる。一度意識してしまったら覆《くつがえ》せない。敵が、俺たちの存在を最初から認識
したうえで襲《おそ》ってきたのだとすれば……)

刹那《せつな》。

ピピーと甲高《かんだか》い警戒音が聞こえた。

「三番観測ドローンに異常発生。画像も映像も受信できないみたい……」

ステラの報告にデランは小さなため息を吐いた。

「ステルスか、それともジャミングか……なんにせよあたりを引いたってわけか」

無意識に操縦桿《そうじゅうかん》を握《にぎ》る手に力が入っていた。

なぜなら、戦闘機という小さな機械の狭《せま》いコクピットで、敵を認識してしまったからだ。

なおかつ自分の機体は非戦闘用。そして非戦闘員も乗っている。

「アルベロ」

『魚雷《ぎょらい》の発射許可は出ている。俺としては帰還を提案するが』

「俺もそうしたい。だが、まだしばらくは待ちだ」

連中は、まだ尻尾を踏んじゃいないのだから。

＊＊＊

この【奇襲】がうまく行くかどうかは正直なところ、運任せである。

偵察を兼《か》ねているのはもちろんだが、リリアンはこの作戦に対して過去の愚かな記憶をあえて利用した。

デランたちが向かった先はリリアンが若かりし頃に脱出艇で逃《に》げた先である。

当然、そのことは伏せつつ、航海長であるミレイに【ティベリウスの針路上の危機を察知する為】という最もらしい嘘《うそ》をつき、コースを設定してもらった。

果たして同じ場所に敵が存在しているのかどうかはわからない。歴史が変わるように配置が変化することだってある。

なら、それはそれで良いのだ。偵察行動自体は無駄ではない。彼らが向かった先に敵がいないのであれば、それは逃げ道にもなる。

（ティベリウスにスパイがいようが、いまいが、それは構わない。いたとして、それを仲間に伝えたとして、敵は動かざるを得ない行動をとった。観測ドローンによって捕捉されるのが先か、それ

ともドローンを撃墜《げきつい》するのが先か。どっちにせよ、彼らは存在を露見《ろけん》させることになる）

もう一つ、リリアンは布石を打っていた。

今回の偵察編成はあえて少ない機体数を提案した。小規模偵察及び母艦の護衛の為などと、最もらしい理屈《りくつ》を付け加えたりもしたが、同時にステラやデランを囮《おとり》に使うことでもある。

もしも、敵がこちらを捕獲《ほかく》しようとしていたと仮定した場合である。数の少ない、学生だけが操《あやつ》る戦闘機を捕《と》らえることなど容易だと相手は考えるかもしれない。

撃墜される可能性も当然視野には入っているが、もし仮に相手がものを考えられる知性体であれば、用心が深ければ深い程、こちらの行動の意図を測りかねるだろう。

（こちらは気楽なものよ。観測ドローンに何かがあればそれで作戦の第一段階は完了。少数であれば、戦艦の長距離主砲と魚雷を撃《う》ち込めば打撃を与えられる。大艦隊であれば、即座に逃げる）

リリアンは第一艦橋の面々をぐるりと見渡《みわた》す。

もしも、彼らの中にスパイがいたら。そう考えるとゾッとしないでもない。

だが、今はそれを追及《ついきゅう》することもできない。何より、今回の作戦に関しては若干、自分が出しゃばっている部分がある。

逆に疑われる可能性だってあるだろう。

「しかし、わっかんねぇよなぁ」

偵察隊が出撃して一時間が経った頃である。

コーウェンが座席にもたれかかり、艦橋の天井《てんじょう》を見上げながら、そんなことを呟《つぶや》き始めた。

「ちょっと、私語はやめなさいよ」

ミレイがすかさず注意を挟むが、「だってよ」とコーウェンはやめなかった。

「俺たちって襲われたわけじゃん？　なんで敵は大艦隊を差し向けないんだ？」

「そりゃあ……そうね？」

この数日の間。

恐らく生徒の誰もが疑問に思ったことだろう。

謎《なぞ》の敵艦からの襲撃。それを潜《くぐ》り抜け、逃避行《とうひこう》を始める。

その間、襲撃がほぼゼロであるという事実。

それ自体が、不安を加速させる要因の一つである。

「艦長代理。こういう時って、なにか理由でもあるんですか？」

「む、私か？　いや、その前に私語は慎《つつし》め……と言いたいところだが、確かにそのことに関しては私も疑問だ」

突然、話題を振られたことにちょっとは驚いたのか、ヴェルトールにしては珍しい反応だった。

「敵の動きが不自然である。だが、なぜそのような行動を取ったのかはまるでわからない。威力偵《いりょく》察を行ったと仮定しても、艦一隻《いっせき》を犠牲《ぎせい》にする必要が果たしてあるのかどうか。そして、我々は図《はか》らずも敵艦を撃破した。なら、この時点で我々は脅威《きょうい》と認定されなければいけない。ならば、数隻規模の艦隊を組んで討伐《とうばつ》……というのが一般的な考え方だろうな」

「ですが、そのような兆候は見られません」

これを簡易的な会議であると認識したのか、ミレイも参加する。

「あぁ。だから不気味だと思う。敵は、何を考えているのかが読めない。だが、こうも考えられないか？　この宙域に来ること自体、敵にしても相当の準備を要するものではないか。もしくは、ワープ航行や宇宙航行に関しては我々よりも後《おく》れを取っているか……だが、これは所詮《しょせん》推測でしかない」

地球から馬頭星雲《ばとうせいうん》までの距離は一五〇〇光年。実際のところ、ティベリウスは三〇〇～六〇〇光年の間にいると考えられている。

ならば、馬頭星雲側から見て今現在、ティベリウスのいる地点もまた、それほどまでに離《はな》れていると言っても過言ではない。

それらの疑問は、ついぞ未来でも明かされることはなかった。

もしくは、リリアンには情報が降りてこなかったかである。

（そうか……馬頭星雲人としても、一五〇〇光年の旅はおいそれと出来るものではない。だから、向かわせられる艦も限りがある。もしくは、超長距離ワープそのものは可能でも準備が必要で、連続での行動が出来ないか）

リリアンは、ヴェルトールの推測から、六十余年もの疑問の一つに答えが導き出せた気がした。

実際、ティベリウスが帰還してからの襲撃はかなり散発的であった。大艦隊による決戦には四年を費《つい》やした。

一五〇〇光年の壁《かべ》というものは、お互いにまだ未知数なのかもしれない。

（だとすれば、スパイはどうやって地球の、それもティベリウスに乗り込めたのかしら）

疑問の一つが解消できたかと思えば新しい疑問だ。

リリアンは思考の渦《うず》に陥《おちい》りそうになるので、頭を振って、今は目の前の任務に集中するべきだと意識を入れ直した。

それらの疑問を解決する為にも今は生き残り、地球へ帰還を果たす。

その為にもこの作戦にはぜひとも成功してもらわなければいけない。

「偵察隊より入電。三番観測ドローンに異常発生とのこと」

デボネアの報告に、艦橋内の空気ががらりと変わる。

たった一度の実戦ではあっても、その経験は無駄ではなかった。

敵は網《あみ》にかかった。ならば、作戦は次の段階へと移行する。

「あ、え？　ドリアード、それどういうこと？」

「どうしたデボネア通信長」

通信にはまだ続きがあった。

デボネアは通信内容に首を傾《かし》げながら、ヴェルトールへと視線を向ける。

「ドリアードからです。その、艦載機を雷撃《らいげき》装備で待機させてほしいとのことです」

「待機だと？　どこにだ」

「それに関してはまだ……敵艦も捕捉できていないようです」

ヴェルトールはしばしの思案を行う。時間は二秒程度であった。

「戦闘機科、整備科に通達。艦載機を雷撃装備に換装《かんそう》の後、待機。いつでも出撃できるようにせよと」

「了解しました」

何か、ステラの意図を察したのかヴェルトールの判断は早い。

「コーウェン砲術長、主砲制御《せいぎょ》をまた頼《たの》むぞ。ＣＩＣとの連動を確認。第三艦橋、本艦のレーダーから目を離すな。機関室、エンジンいつでも最大点火可能に。場合によっては離脱を行う」

次々と繰《く》り出される指示。それぞれの部署へデボネアによる通信で的確に送られた。

「ヴェル、攻撃を仕掛けるのかい？」

リヒャルトは攻撃に反対するわけではないようだが、確認をするようにヴェルトールへと耳打ちをした。

ヴェルトールは小さく笑うと、親友へと答える。

「敵が待ち構えているのであればな。俺たちは、常に狙《ねら》われている。それに、俺の仮説が正しければ、今回の敵を叩けば、しばらくは安全を確保できるはずだ。予想が外れた場合は、笑うしかないがな」

「当たると良いね……本当に」

「あぁ。でなければ俺たちは今度こそ終わる。敵の技術が俺たちのものより数段上であれば、もう諦《あきら》めるしかないからな。それこそ、投降でもなんでもして、命を繋ぐさ。可能であればな」

とは言っているが、ヴェルトールの瞳《ひとみ》には諦めるという意思は感じられない。

勝算があると踏んだ時の顔であると親友のリヒャルトは気が付いていた。

それはリリアンも同じだった。一応は、かつての初恋の人だ。その程度はわかるというものだ。

同時に、それは非常にわかりやすい、まだ若い子供の仕草であることも。

「艦長代理。偵察隊には魚雷を全て射出させ、その後に帰投させましょう。ドローンに異常が出たのであれば、敵です。ティベリウスは一旦《いったん》、偵察隊を回収するべく、前進。回収し、しかる後に後退をかけます」

「あぁ、私も同じことを考えていた。デボネア通信長、偵察隊にそのように伝えてくれ。またデランとの通信をＣＩＣに連動。あいつならば、次に何をするべきかわかるはずだ」

魚雷攻撃の許可。しかもそれは防衛の為の迎撃ではない。

先制攻撃の命令。もっと言えば、宣戦布告ともいえる行為。

（かつては、私たちは奇襲を受け続けた。でも今回は違う。こちらから打って出る。歴史は変わる。

それが良いものかどうかはわからないけど）

＊＊＊

偵察隊は既《すで》に宙域からの撤退《てったい》を開始していた。

観測ドローンに異常が発生した段階で、十中八九、そこに敵がいることは明白だからだ。

ならばそんな場所に長居する必要はどこにもない。もとより、五機の編成、内一機は非武装だ。いかに戦闘機に機動性があっても、火力自体が乏《とぼ》しいのでは意味がない。それに、敵の内訳もよくわからないままなのだから。

「デランさん。アルベロさんに伝えてください。今装備している宇宙魚雷をもうとにかく三番ドローンのいる宙域に撃ちまくってください。ただなるべく広範囲に衝撃《しょうげき》を与えたいので、時限爆破《ばくは》をセットして欲しいです。距離は三番ドローンをちょっと通り過ぎる程度で、当たればラッキー程度って感じで」

「あぁ、わかった」

ステラは撤退の前に先制攻撃を提案していた。

デランを経由して伝えられたアルベロは攻撃には了承したが、今ここで撃ってしまうのは敵に打撃を与えられないのではないかと反論もした。

『魚雷を撃つ。それは良いのだが、それなら敵を確認してから撃ち込んだ方が良いのではないか?』

「いや、アルベロ。この魚雷にダメージは期待しない。そうだな、ステラ?」

一方で、デランは既にステラの作戦を理解していた。

『どういうことだデラン。まさか魚雷の爆炎《ばくえん》で敵の数をあぶりだそうって話か』

「その考えもなくはないが、そうじゃない。ジャミングが出た時点で、相手はドローンを恐れている。ジッとしていても、観測されてしまえば意味がない。だからジャミングという行動を取るしかなかった」

観測ドローンは足が遅い。脆《もろ》い。そしてドローンの割には大きく、各種センサーを起動させたまま観測を続ける関係で、それこそ隕石《いんせき》よりも遥《はる》かに捕捉されやすい。

それでもドローンが健在なのは砲撃の軌道《きどう》や光で居場所がバレることを防ぎたかったのだろう。

「良いかアルベロ。つまりだ、敵は焦《あせ》ったんだ。もしこれが無人機なら、前の時みたいにがむしゃらに突っ込んできたらいいだけの話だ。実際、それをやられたら俺たちもヤバかった。だけど今回は違う。敵さんは焦っている。戦闘機乗りのお前たちならわかるだろう。焦った動きは、無秩序に見えて、染みついた癖《くせ》が出る。連中は、有人機だ」

『俺たちは、図らずも敵を奇襲した形になるというわけか』

「そういうこと」

そのようなやり取りをしながらも、アルベロたちは魚雷の発射準備を既に調《ととの》えていた。

それだけではない。偵察隊のもとに、ティベリウスからの通信及び戦術データが送信されていた。

『こちらティベリウスのリリアンよ。ミレイ航海長より、敵の予測位置情報を割り出したとのこと。活用して頂戴《ちょうだい》』

『それはありがたい。よぉし聞いたな。全員、航海長殿の予測情報を確認しろ。同時に三番ドローンとの位置関係もだ。俺たちの魚雷を撃ち込むのはドローンを少し超《こ》えたこの位置！』

アルベロが指示したのは、ミレイが割り出した予測位置よりも手前、観測ドローンよりも奥《おく》。それは魚雷の爆発による壁を作り出すことになる。当然、宇宙空間での爆炎はすぐさま消失するが、もとよりダメージを期待した攻撃ではないと指揮官たちは言っている。

理由はわからないが、やれと言われたのだからやるしかない。少なくとも自分よりは頭の良い連中が考えた作戦なのだし、自分がそれ以上の策を提供できるわけではない、そうアルベロは考えた。

四機の戦闘機は全てのミサイルを吐き出し、レドーム機と共に旋回《せんかい》。針路を母艦であるティベリウスへと取る。

「全機、ハイブースト点火」

デランの号令で、各機はトップスピードの加速をたたき出すハイブーストを展開する。ワープ程ではないが、長距離を詰める為の装備であり、欠点としては方向転換ができない、デブリなどが密集した宙域での使用が不可能、そして点火できるのはわずか五秒間という決まりがある。

超加速によりマッハ五一の速度を誇《ほこ》るが、機体の安全性を考慮《こうりょ》し、たとえ宇宙空間でもそれ以上の加速はできないように安全装置も施《ほどこ》されている。

「さて、あとは敵がどう食いついてくるかだ」

敵の数が十数隻以上の艦隊であればもはや戦う術《すべ》などない。

そうでないことを祈《いの》りながら、デランは超加速によって生じる光景を見ながら呟いた。

「いいえ、大丈夫だと思います」

たった五秒間の超加速によるランデブー。

その短い時間の中で、ステラは答えた。

「敵は、少ないと思います」

「やけに具体的に言うじゃないか」

もうじき加速が終わる。

「だって、私は……」

徐々に速度が低下していく。

同時にステラは三番観測ドローンが破壊《はかい》されたという信号に気が付いた。

敵がしびれを切らして攻撃を始めたのかもしれない。それと同時にジャミングも解除されたのだろう。信号を遮《さえぎ》るものがなくなったドローンは最後の仕事を果たすように、残した観測情報を送り続けていた。

ステラはそれに目を通しながら言った。

「あの敵を見たことがある。ずっと昔、小さい頃に……」

敵の数は三隻。うち二隻は先日襲ってきた駆逐艦タイプ。

そして残る一隻。反応からして大型、しかしティベリウス程ではないと思われる。

確定できる情報はないが、推測するに残る一隻は巡洋艦《じゅんようかん》といったところだろう。

機動性の高い、恐るべき相手であった。

＊＊＊

ティベリウスに響き渡る警報音。出来れば二度と聞きたくないと思っている生徒の方が大多数を占《し》めるだろうが、もうこの音が鳴ったということは戦闘が始まることを止められない。

恐怖をこらえ、嘔吐《おうと》をこらえ、失禁をこらえ、あらゆる負の感情をこらえながら、それでも生徒たちは戦わなければいけなかった。

そうしなければ、自分たちに明日が無いことぐらいわかっているからだ。

それは艦橋でも同じことである。二度目の実戦に、多くの者は再び震えとの戦いが始まっていた。

それはヴェルトールも同じで、艦長席のアームレストを無意識のうちに握りしめていた。

ただ唯一《ゆいいつ》、冷静でいるのはリリアンだけだ。

恐怖というものが全くないわけではないが、どこか自分の死生観は狂《くる》ってしまったのではないかと思う。戦闘という状況に対して、心が躍《おど》り、生を実感できる。だからと言って、常日頃戦いたいと思う程、自分は戦争狂《きょう》ではないはずだ。

（うまく行ってるから、調子に乗っている。そういうことにしておきましょう）

自分の悪い癖だと自嘲を込めながら、リリアンは内心笑う。

同時に偵察隊の観測データをティベリウスが受信していた。表示されたのは、敵のおおよその数と艦種。相対距離。未だ稼働《かどう》をしている残りの観測ドローンによる超望遠観測の続行。そして偵察隊が全機無事であり、ハイブーストを終えて合流地点へと向かっているということだ。

それらの情報を第二、第三艦橋とも共有をしながら、リリアンは艦長席へと振り向く。

「艦長、偵察隊の情報です。こちらもティベリウスを加速させ、合流を図るべきと判断します。また、ＣＩＣと連携《れんけい》した作戦を提案します。よろしいですか」

報告を受け、ヴェルトールは頷いた。

「言ってみろ。デボネア通信長、ＣＩＣとの通信を開いてくれ」

「はい」

メインモニターの端《はし》にＣＩＣを預かるアレスの姿が映し出された。

『こちらアレス。どうした』

「アレス、提案があるの聞いて」

相手が返事をするよりも前にリリアンは言葉を続けた。

「一時的に主砲コントロールをあなたに預けたいの」

「おぉい！」

コーウェンが反応するが、リリアンは無視して続けた。

「敵の情報は確認できた？」

『三隻。足の速い編成だ』

「でも彼らは艦隊を組んだ。防御と機動の名手と謳《うた》われるアレス。あなたなら、相手の嫌がる攻撃を、どのような防御行動を取るのか、わかるのではなくて？」

それを軽い挑発《ちょうはつ》であると受け取ったのか、画面向こうのアレスはほんのわずかに、数ミリ程度ではあるが、ムッとした表情を見せた。

『実戦とシミュレーションは違う……が、やってみせよう』

「お願いするわね。デランとの通信を常に開いておいて。あなたたちのコンビなら、お互いにどうすればいいか、わかるでしょう？」

『それは俺たちに勝った上での嫌味か？』

「期待しているということ。無理なら私か艦長が指揮を執るけど」

『無用だ。お前たちの考えは何となくわかった。コーウェン、聞こえているか？』

次いで、アレスはコーウェンの方を見た。

『仕留め時はお前に任せる』

アレスはそう言って、オンライン状態をそのままに、主砲コントロールの指揮を始めた。

「偵察隊、デランからの要請《ようせい》です。雷撃隊発艦されたしとのこと」

デボネアがデランの報告を受け取ったことを確認すると、ヴェルトールは即座に指示を飛ばす。

「艦載機を全て発進させろ。だが厳命あるまで待機。攻撃もするな。この作戦はタイミングが重要だ」

その指示が下された瞬間、ティベリウス内の緊張は最高潮にまで上昇する。

ティベリウスから残る一一機の艦載機が一斉《いっせい》に飛び立つ。それぞれは五機、六機編成と分かれ左右へと展開、それぞれの所定位置へと向かい、待機するのであった。

ティベリウスはそのまま前進。形としては艦載機隊をその場に置き去りにする形となる。

（けど、これでいい。艦載機隊はハイブーストを二秒間使い、遠方へと待機。私たちは偵察隊を回収した後、多少の撃ち合いを始めた後に後退……さて、どう動くのかしら、馬頭星雲艦隊）

敵からすれば、ティベリウスが行おうとしている動きは不可解に見えるはずだ。

まるで一貫性《いっかんせい》のない、行き当たりばったりのような行動。

「長距離レーダーに感あり。偵察隊を発見！」

「収容準備に取り掛かれ。完了次第《しだい》、攻撃を開始するとアレスに伝えろ」

「了解。CICへ通達、偵察隊の帰還と同時に攻撃を開始せよ」

「敵の予測針路割り出しました。四パターン、サブ画面に映します」

艦橋の慌《あわ》ただしさは、決して悪い動きではない。

それは一度実戦を経験したからだろうか。しかし、数回の実戦を経ても全く成長しないものもいる。前世の帝国軍の敗因の一つ。

だが、今この艦橋にはそのような敗因に繋がるものは見当たらない。

（みんな、優秀ね。それを全て無駄にした過去の私。とんだ疫病神《やくびょうがみ》ね。今度は、そうならないように願いたいものだわ）

そんな光景を見て、リリアンは無意識のうちに笑みを浮かべていた。

「敵の短距離ワープに備えろ。艦首魚雷用意。偵察隊を回収した後に本艦は一時後退する」

ヴェルトールは極めて端的な指示を送る。

本来ならこのような前後を行き来する動きを宇宙戦艦は行うことはない。それは単純に混乱を招くだけであるし、そもそも巡視を行う駆逐艦やパトロール艇でもない限り、単艦での行動はあり得ないのだ。

だが、現状のティベリウスはたった一隻で、援軍《えんぐん》のあてもない。敵と互角《ごかく》に渡り合おうとするのなら足を止めての砲撃戦など出来るわけもない。

単純に砲火が足りないし、足を止めてしまえば包囲され、シールドが即座に消失するだけという結果が待つ。

戦艦であろうと機動性を持って戦うしかないのだ。

何より、ティベリウスのワープ機関はまだ修理が完了していない。

危機を脱する為には、結局どこかで敵を倒さなければいけないのだから。

「こちらも艦隊を組んでいれば、相手は好きにワープ戦法なんて取れないのだけどね」

リヒャルトがそう呟くと、ヴェルトールも小さく頷いた。

普通の考えであれば、敵艦隊の陣形のど真ん中にワープして現れるなどという行為はしない。それは半ば特攻であり、リスクとリターンがかみ合わないからだ。

先の駆逐艦は無人機であると想定される。だからこそあのような無茶な行動が出来たのだろう。

だが、それをやる恐ろしい子もいるのだけど、とリヒャルトは脳裏に一人の少女を思い浮かべた。

「まったくだ。単独の弱みだな。偵察隊の魚雷攻撃で多少の時間は稼《かせ》げるだろうが……」

「偵察隊を回収すれば、邪魔をする存在もいなくなって悠々《ゆうゆう》とワープしてくるだろうね。爆発の壁も既に突破されているだろうし」

偵察隊の魚雷の一斉発射は撃破を目的としたものではない。そもそもたった四機の戦闘機の攻撃では三隻の艦隊相手には大した打撃を与えることは出来ない。機銃などで対空防御、シールドによる物理防御。

敵が戦闘機の存在に気がつかないのであれば、まだやりようもあっただろうが、それでも危険性の方が上回ることだろう。

「しかし、やはり奇妙だな。敵の攻撃は妙に緩い。こちらを撃沈出来ない理由でもあるのか？　それゆえに助かっているのも事実だが」

「さてね。あっちの乗員に直接聞いてみるしかないんじゃない？　案外、返事があるかもしれないよ」

「どうかな。俺たちは既に攻撃を受けている。理由はどうあれ、先に手を出してきたのはあちらだ。そして俺たちは地球に帰りたい。邪魔をするのであれば、突破するだけだ」

「そうだね……」

リヒャルトは改めてメインモニターへと視線を向ける。

ティベリウスの望遠カメラが偵察隊の姿を捉える。リヒャルトは副長として、彼らの回収指示を出す。

「回収中に敵が接近する恐れがあるわ。アレス、聞こえていて？」

同じくモニターで確認をしていたリリアンも指示を追加する。

『敵のワープアウト予測地点への攻撃は準備完了している。偵察隊に伝えろ。直進すればフレンドリーファイアはないと』

「わかったわ。デボネア通信長！」

「既に回線、繋げています！」

「ありがとう。デラン？　そのまま直進して。緊急回収の準備は出来ているわ」

それぞれの指示が飛び交《か》う中、ティベリウスの艦首から十数発の魚雷が撃ち出される。それと入れ替《か》わるように偵察隊各機がティベリウスのカタパルトへと、緊急回収されていく。戦闘機側の減速、そして母艦側は巨大なワイヤーネットとクッションによって受け止める物理的な方法であった。

「全機回収確認！」

それと同時にティベリウスの遥か前方で爆発光が見えた。

だがそれはすぐさま消え去り、警報がティベリウス艦内に響き渡る。

「歪曲《わいきょく》波《は》感知！　敵、ワープアウト！　距離八〇万！　ＣＩＣ！」

リリアンの号令が出るかどうかのタイミングでアレスも動いていた。

有効射程には遠いが主砲が重粒子《じゅうりゅうし》を、艦首からは追加の魚雷が吐き出される。魚雷は弧《こ》を描《えが》き、回り込むようにして飛来していった。

その先にはワープアウトを完了した二隻の駆逐艦、そして巡洋艦タイプの姿があった。巡洋艦タイプもまた駆逐艦と同じ形状であり、半楕円形《はんだえんけい》であり、丸い艦首部分には並列で装備された主砲らしきものが見えた。

距離が空いている為か、駆逐艦はらくらくと重粒子を避け、巡洋艦はシールドではじく。魚雷は機銃で撃ち落とされていた。

「艦長」

リリアンは状況が整ったと言わんばかりにヴェルトールへと振り向いた。

「急速後退しながら主砲、魚雷斉射《せいしゃ》」

相手にしてみれば、こちらの動きはまるで理解できないもののように映ったであろう。前に出て勇ましく攻撃を仕掛けたかと思いきや、真っ向勝負を避けるように後退を行う。

もちろん単独の艦で複数の敵を相手にするのだから逃げを打つのは正しい。

それならば、わざわざ偵察隊を出撃させたり、攻撃などをして存在を知らせる意味が一切《いっさい》ない。それではわざわざ危険に身をさらすような行為ではないか。

それが当然の考えだ。

（けど、連中が一番驚いているのは、自分たちの下にピンポイントで偵察がやってきたこと。悪いわね。私は既に経験しているから。まさか本当に同じところにいるとは運が良かったわ）

そして先制攻撃とも取れる行動。

彼らは今まさに獲物《えもの》に飛びかかろうとした猟犬《りょうけん》ではない。出鼻《でばな》をくじかれ、獲物に逃げられる駄犬である。

だが数を頼りに追い込まれれば、それは窮地《きゅうち》である。

ならばその不利を払《はら》いのけるしかないのだ。

「ＣＩＣより通達。デラン、アルベロ両名が戻ったとのことです。あとついでにドリアードもいるみたいです！」

デボネアの報告を受けて、リリアンはヴェルトールの代わりに返答をする。

ヴェルトールは現在、戦闘機動の指示で手一杯《ていっぱい》だった。

「今更《いまさら》格納庫に戻ってもやることはないわ。デランに伝えて。そのまま待機している戦闘機隊の指示を出すように」

ティベリウスはさらに後退を続ける。蛇行《だこう》するように艦尾を振りながら。

砲撃も殆《ほとん》どが的外れな方向へと飛んで行き、時折直撃コースを取るものの、距離がありすぎて敵艦のシールドにたやすく弾《はじ》かれていく。唯一、射程による減衰《げんすい》もなく、誘導性《ゆうどうせい》のある魚雷のみが彼らにとって脅威ではあるが、敵艦隊は機銃だけではなく、砲撃によってたやすく撃ち落としていた。

爆発の影響と一応はばらまかれる多少の残骸《ざんがい》のおかげで敵はそう簡単には短距離ワープの実施はできないようにも見えた。

ワープとはデリケートなものだ。残骸が漂《ただよ》う中にワープアウトしてしまうと、最悪それらと衝突する危険性があり、そもそも爆発のせいで磁場などが乱れては座標も狂ってしまう。最悪、異次元の彼方《かなた》へ消えてしまうかもしれない。

しかし、着実に距離は縮まっている。爆風が収まり、残骸を砲撃で蹴《け》散《ち》らしてしまえば、短距離ワープの再開も時間の問題だろう。

そして、ついには敵からの攻撃も届き始める。

「駆逐艦、巡洋艦ともに距離七〇万を維持《いじ》」

駆逐艦が突出する形となっているが、三隻とも艦隊という形を崩《くず》そうとはしていない。

三隻からの砲撃は、こちらと同じく距離がある為シールドで十分防げるものであるが、数の上ではティベリウスが圧倒的に不利であることに変わりはない。

先の戦闘以上のシールドの反響音が艦内に響く。まるで雷雲の中を突き進むかの如《ごと》く閃光《せんこう》と衝撃、甲高い音が生徒たちの体を震わせ、原始的な恐怖を呼び起こす。

それでも一度は体験したものだ。彼らの多くは歯を食いしばり、耐えた。

その中で、つぶさに観測データを確認する余裕があるのはリリアンだ。

「艦長。敵の歪曲波を感知しました」

短距離ワープだ。恐らく相手も衝突を避けるべくギリギリの距離に出現するはず。

あのような、デラン、アレスとのシミュレーションで見せた艦隊のど真ん中、敵至近距離にワープアウトすることなど【有人機】ではありえない。もしも失敗したら、正面衝突どころではない。艦と艦が同一軸上《じくじよう》に存在するということは対消滅《しようめつ》を意味する。

あれはゲームだから、人が乗っていないからこそできる戦法である。

そして前回の敵駆逐艦も無人であるからこそ、あのような無茶な機動と短時間による単距離ワープを行えた。

しかし、もしも敵が命知らずであったなら。そんな悪い考えが一瞬リリアンの脳裏をよぎった。

けれど敵はこの艦を落とさない。いや、落とせない。

スパイの存在が、リリアンの中では半ば確信に変わっている今。仲間ごと撃沈しようという薄情《はくじよう》なことが果たして出来るか。

妙に緩い攻撃は油断でも、侮《あなど》りでもなく、そうせざるを得ないから。

だからこそつけ入る隙《すき》がある。

「来るか……シールド出力最大！　後退停止。機関室へ通達、メインスラスターの点火準備。以降、合図あるまで待機！」

ヴェルトールはティベリウスによる攻撃を中止させ、エネルギーを防御へと回した。

同時にCICより主砲コントロールをコーウェンに返却《へんきやく》するとの報告もなされる。

敵艦隊の姿が蜃気楼《しんきろう》のように揺らめき、消失する。かと思った矢先にティベリウスの前方、距離三〇万の地点に姿を見せた。

眩《まばゆ》い閃光と凄《すさ》まじい衝撃が再びティベリウスを襲う。

それでも、戦艦のシールドは堅牢《けんろう》である。まだ耐えられる。

「シールド出力四三％に低下！　表面装甲にダメージ確認！　左舷《さげん》展望デッキブロック消失！」

リリアンはシールドの耐久《たいきゆう》エネルギーを報告。完全に破られるのも時間の問題。

艦自体に致命《ちめい》的なダメージはまだない。それでも巡洋艦の砲撃がわずかながらシールドを貫通し、残ったエネルギーの奔流《ほんりゆう》がティベリウスの左舷の一部装甲を抉《えぐ》った。戦闘時には格納されている電防デッキが区画ごと消失したのは、乗員にとっても衝撃であり、幸いなことにその部分に生徒はいないものの、死を意識させるには十分であった。

敵もダメージを確認したのか、明らかに加速して距離を詰めてくる。

『このタイミングだ！　巡洋艦のケツにかみつけ！』

それを待っていたと言わんばかりにデランの叫《さけ》び声が、音割れを起こしながら通信の波に乗った。

利那。ティベリウスへと殺到しようとする敵艦隊の後方から二手に分かれた戦闘機隊が三秒間のハイブーストを行い次々と到着、それと同時に持てる魚雷の全てを叩きこみ、そのまま離脱していく。

敵艦隊もハイブーストで接近する機影《きえい》には気が付いていただろう。だが、その判断は一瞬遅れたようだった。

戦闘機隊は息を殺し、最低限の機能だけを維持したまま待機していた。もしも敵が観測ドローンのようなものを射出していれば話は変わっただろう。

敵はこちらが既に艦載機を展開していたなどとは考えていなかったのかもしれない。

たった一隻の艦による疑似《ぎじ》的な空母運用かつ疑似的な艦隊運動とも言える行動に、敵は焦りを見せていた。

「着弾《ちゃくだん》。今！」

無数の魚雷は敵艦隊の艦尾周辺へと食《く》らいつく。いくつかは迎撃されたようだが、至近距離の爆発は十分に敵のシールドに負荷《ふか》をかける。そこに直撃弾も与えられる。

今更針路の変更《へんこう》も出来なかった。艦隊を散開させるタイミングを失っているのだ。

その中で重大な負荷を被《こうむ》ったのは巡洋艦である。陣形としては旗艦として後方に位置していた為か、最も多くの攻撃を受けることとなる。

瞬間的な負荷は瞬《また》く間に巡洋艦のシールドを消失させた。

「コーウェン！」

リリアンが叫ぶ。

コーウェンからの返答はない。既に彼は主砲を放っていた。散発的な、牽制《けんせい》でも相手の針路を制限するでたらめな砲撃ではなく、直撃を狙うまっすぐなコース。

重粒子の鈍《にぶ》い色の輝《かがや》きが圧倒的な熱量をもって巡洋艦の装甲を抉っていく。

一隻の駆逐艦がまるで盾《たて》になるかのように前に出るが、それは単なる自殺行為であった。巡洋艦は既に臨界点へと到達し、各部から爆炎を上げていた。それに巻き込まれる駆逐艦にティベリウスの主砲が直撃する。わずかに残ったシールドで耐えようとも、背後で爆発する巡洋艦の負荷も合わさり、二隻の艦はあっけなく消失した。

敵は混乱の中にいる。残った一隻の駆逐艦は、逃げるか攻《せ》めるか、どっち付かずの前進をするしかなかった。

だがそれはもはや的でしかない。

「放て！」

主砲斉射。

駆逐艦は何とか回避《かいひ》行動を取るが、艦尾への直撃を受け、まるで風に煽《あお》られる木の葉のように不規則な機動を行いながら離れてゆく。

数秒後、破裂《はれつ》する風船のようにわずかに艦体が膨張《ぼうちょう》を見せて、反応は消失した。

＊＊＊

単艦による、三隻艦隊への勝利。

未だに軍人ならざる彼らにとってその結果は単なる勝利以上のものがあった。

自分たちは生きている。恐るべき戦いを乗り越え、それでもなお誰一人欠けることなく生きている。その幸運を、その事実を噛みしめた。

戦闘終了宣言がなされた時、ティベリウス艦内は割れんばかりの歓声《かんせい》に包まれた。その時ばかりはいがみ合っていようが、面識がなかろうが、互いに近くにいた者同士抱《だ》き合い、握手《あくしゅ》を交わし、笑みを向け合い、かれるほどの大声を出した。

その劇的な勝利に沸《わ》いたかと思いきや、生徒たちは今、泥《どろ》のように眠《ねむ》る者が多かった。張り詰めていた糸が切れたように、艦内が静まり返る。夜の時間になったことを伝える為か、明かりも薄暗《うすぐら》くなった。わずかに起きている生徒の話し声や、吹《ふ》き飛んだ左舷の展望デッキの修理に当たる整備班の作業音は聞こえるものの、それまでとは違いある意味では安らぎのような空気が流れていた。

ヴェルトールもまたそれを許した。そうでもしなければ、メンタルが持たないだろうし、今は生存の喜びを分かち合う必要があるからだ。

だとしても警戒は怠《おこた》れない。当然交代でそれぞれの部署で作業を続ける必要がある。

それでも。やはり艦内は静かだった。

戦闘時にはあれほど騒がしかった第一艦橋も、今は照明が落ちた状態である。それでもシステム自体は機能しているので、うっすらとパネルの光がイルミネーションのように輝く。

その中でリリアンは警戒待機ということでそこにいた。

「なんだか……懐かしい気分」

この暗闇《くらやみ》の中で、ただぼんやりと宇宙を眺《なが》める。それは前世における、決戦後の自分の日課だった。来る日も来る日も意味のない宙域をぐるぐると回り続けて、代わり映《ば》えのしない星の光を数えて一日が終わる。

そんな生活を六十余年続けて、時折シミュレーションで艦隊戦ごっこをやって暇《ひま》をつぶし、飽《あ》きればまた星を数える。

そうやって無為《むい》に時間を浪費《ろうひ》し、最後は捨て駒《ごま》として重粒子の光の中で消滅した。

そして、気が付けば過去の世界に戻って、人生をやり直している。

「歴史は、細かく変化している。今はまだ私の記憶が大きなアドバンテージになっているとはいえ……」

今回の戦闘勝利に沸いたティベリウスであるが、完全な安全を確保されたとは思われていない。そんな中でリリアンだけはある程度の歴史を知っている。細かく変わった部分もあるが、大筋は同じ。

先の戦いの後、次に敵がやってくるのはずいぶんと先になる。

言ってしまえば今回の戦いが一番の難所であり、損傷を抑《おさ》えて突破できたのは僥倖《ぎょうこう》とも言えた。

なぜなら前世ではティベリウスは副砲などを損傷し、装甲にもいくつかの亀裂《きれつ》が入っていた。

戦闘機も展開しておらず、古い時代の艦隊戦の如く、あえて敵陣に突っ込み、お互いに側面を晒《さら》しての艦砲射撃で突破した。それ以外に方法もなく、それはそれで敵の意表を突く為の戦法だったが、危険性は高かっただろう。

それを取らなくてはならないようなことを引き起こしたのは他ならぬ自分なのだが。

「思えば……あれは絶対見捨てられていた。生きてたから回収されただけで」

脱出艇で脱走した自分たちであったが、回収されたのは戦闘終了後であり、今思い出せば、あれは囮にされていた気がする。自分でもあの時は神がかった操縦テクニックで脱出艇を操り敵の追撃を避けていたが……思い出せば思い出す程恥ずかしくなる。

そんなことが今回は起きなくてよかった。

「どーして昔の私はあんなにも馬鹿だったのかしらね」

過去のことを考えすぎると全身がゾワゾワする。だからもう考えないようにしよう。

あれはもはや過ぎ去ったもの。未来志向で行かなければ。

そう、未来だ。四年後の決戦において万全《ばんぜん》を期すためにもやらなければいけないことはあるし、それよりもまずはティベリウスを無事帰還させることだし、そして……

「結局、スパイはわからずじまいか」

先の戦いで、仮にスパイがこちらの情報をつぶさに報告していれば、苦戦は免《まぬが》れなかっただろう。

おびき出し、挟み込む。戦闘機隊の動きがバレていればそれだけで崩れる作戦だ。

とすれば、艦橋にはスパイはいない……と考えるのはいささか早い。戦闘時に艦橋で怪《あや》しい動き

など出来るはずもない。なら戦闘開始前に報告ぐらいしかないわけだが。

「ティベリウス本体の通信記録を漁《あさ》っても、そりゃ出るわけもないか」

当然、ティベリウスの通信回線を使うようなマヌケはしないだろう。

だが、何らかの方法で通信を行わなければ、こちらの居場所がバレるわけがない。事実、敵の追撃はまだあるのだ。

と言っても、先の艦隊がこちらを捜索《そうさく》する主力艦隊のようなものだったのだが。

残りは、数は多いが駆逐艦のみ。なぜそこまで戦力を出し渋《しぶ》っていたのかははっきりいってわからない。

敵に関してはわからないことが多すぎる。

「けれど……周波数の履歴《りれき》を調べれば……って、私がそんな周波数帯を読めるわけないか。ええい、通信は受け取って返すだけしかしてこなかったから」

そもそも、細かい周波数を調べるのはそれこそ通信士の役割だし、確証のないものを調べさせるのも不審《ふしん》に思われるだけだ。

あいにくとリリアンはその点は何も学んでいない。必要に駆られて航海と一応の操舵《そうだ》、主砲管理はできなくもないが……六十余年は長いようで短かった。

「あーもうやめやめ。地球に帰ってから考えましょう」

リリアンは背もたれに体を預けて、少し伸ばす。

しばらくすると交代要員が艦橋へと入ってくる。

コーウェンだった。彼はまだ眠たいのか、瞼《まぶた》をこすり大きなあくびをしていた。

「はーい、お疲《つか》れさまー。交代ー」

「はいはい。寝ないでよ」

「その為に砂糖なしのコーヒーたんまりだぜ」

大容量のボトルをわきに抱えたコーウェンはもう一度あくびをしていた。

「食堂で色々配ってるぜ。プロテインバーだ。食うか？」

「貰っておくわ。それじゃ、あとは頼むわよ。くれぐれもポルノなんて観ないように」

「仕事中にしねーよ。つか、あの話、言いふらしてる奴がいるんだけどさ。なんとかしてくれね？」

「自分の責任」

コーウェンは返事をしなかったが、やれやれと肩《かた》を竦《すく》めていた。

お調子者にその場を任せ、リリアンは艦橋から解放される。

食堂で飲食物が用意されていると言っていたな。生活班は大変だと思うが、せっかくなのでリリアンも食堂に向かう。

その途中のことであった。

「サオウ整備長？」

器用に二台の浮遊《ふゆう》トレーを押しながら、山盛りのお菓子《かし》を運ぶ大柄《おおがら》長身の男と鉢合《はちあ》わせしたのである。

「おや。ルゾールさん。休憩時間？」

「ええ、今交代したところ。それにしても……」

「いいでしょう？　ま、これは今修理してる子たちへの差し入れなのだけど。展望ブロックが丸ごと吹き飛んだでしょ？　あれはさすがに一日がかりの仕事だから。体力が持たないのさ。と言ってもブロックごと、ポイ。あとは穴を埋《う》めて、装甲をちょちょぃとね」

簡単なように言っているが、それは大工事である。

恐らく、ステラも駆り出されていることだろう。というかあの子、整備の仕事をちゃんとやっているのだろうか。今はまだ整備班だというのに。

そしてそれをさせていないのは自分でもあるのだが。

「まぁでもこの程度の損傷だからこっちの腕の見せ所といったとこ。艦長たちもそうだけど、ステラちゃんに至ってはあなたのこと凄い褒《ほ》めてたよ」

「全員で勝ち取ったものよ。それより、ごめんなさいね、ステラをこっちの仕事にもっていったりして」

「ううん。あの子はそっちの方がイキイキしてるし、きっとそっちの方が似合うのだと思う。それに……」

サオウはその時、言葉を詰まらせた。

「あぁ、いけない。そろそろお腹を空《す》かせた子たちが倒れる頃合い。それじゃあ！」

「ええ、お気をつけて」

去ってゆくサオウを見送りながら、リリアンはそういえば自分はステラのことをちゃんと知らないことを改めて考える。良い子なのは間違いないが、前世では自分がきっかけとはいえ中々壮絶《そうぜつ》なことをしている。邪魔者は排除《はいじょ》、邪魔をしなければ関心を示さない。だからある意味では優《やさ》しかった。自分に逆らわないのであれば、取るに足らない認識をするのも億劫《おっくう》な存在として捨て置かれるだけだ。

ちょっとでも意見して、反論すればこちらのゴミ捨て場艦隊に放り込まれる。

あの時代のステラは他者を誰も信用していなかった気がする。きっと、親友だった子たちのことも。

さすがにあんな風にはなって貰いたくないものだ。

「少し、調べてみるか？」

下世話なことは理解しているが、他人を理解するには必要なことだろうとも思う。

そんなことを考えている内に、食堂へと近づく。小腹も空いたし、コーウェンからもらったプロテインバーを食べるのもいいがその前に喉《のど》を潤《うるお》したい。久しぶりに、自分で紅茶を淹《い》れるのも良いだろう。

昔は、趣味の一つで、自分が誇れる唯一の自慢《じまん》だった。かつてはこの緊急時でも馬鹿みたいに飲んでいたし、左遷させられた後もそういえばたまにやっていた。

少しぐらい良い思い出なら掘《ほ》り起こしてもいいだろう。

食堂には茶葉も保存されている。本当、帝国の食事事情だけは褒めるべきだろう。本来は生活班の面々が淹れるものだが、頼めば自分でもできる。

無駄に揃った紅茶のセットもあるのだ。

そんな風に若干楽しみにしつつ、廊下《ろうか》を進むと、珍しい組み合わせの話し声が聞こえた。

「どういうつもりなの」

まず聞こえてきたのはフリムの声だ。

「どういうも何もね。僕《ぼく》は必要なことをやっている。あの場面ではそうするしかなかったということさ。それとも、君が何か代替案《だいたいあん》を持ってきてくれるのかい？」

返答しているのはリヒャルトの声だろう。

人通りが少ないのもあってか、さほど大きな声ではないが、二人の言い争いは耳に入る。二人は通路に設置された自販機《じはんき》の前にいた。リヒャルトの手には缶《かん》ジュースが握られている。その場にフリムが居合わせたということだろう。

そして妙に剣呑《けんのん》な空気だった。

「屁理屈《へりくつ》を。ガンデマンに尻尾を振っているだけの癖に」

「どうとでもいうが良いさ。君だって、あの場にいればそうしていたさ。それとも座して死ぬのを待つのかい？」

「少なくともガンデマンに付き従うことはしないわ」

「じゃあ止めてみせなよ。今からでもさ。それが出来ないから、僕にイライラをぶつけているんだろう？　そっちの方がみじめじゃないかい？」

「くっ……！」

パンっと乾《かわ》いた音が鳴る。

フリムがリヒャルトの頬《ほお》をぶったのだ。

「ちょっと、穏《おだ》やかじゃないわよ」

さすがにそれは見過ごせなかった。

リリアンは今さっき見かけたという風に装って、二人の元へと駆け寄る。

「はっ……」

すると怒《いか》りに満ちた視線を持ったままフリムが振り返る。だが彼女はリリアンを見ると、すぐさまハッとなり、顔を伏せてそのまま走り去った。

「あ、フリム」

「放っておいてあげてくれ。色々と、彼女もあるのさ」

「色々って……あなたたち、どういう関係なの」

追いかけようとするが、それはリヒャルトに止められる。

模擬戦の時もそうだったが、フリムはリヒャルトに対してどこかあたりが強い。

恋人のような関係ではないことだけは確かだろうが、だとしても距離感が近いように感じられる。

「うん？　兄と妹、だけど？」

「は？　いや、苗字《みようじ》……」

その秘密はあっさりとリヒャルトの口から説明された。

「お互い別々の家に引き取られた。今の時代、珍しくはないだろう？　ま、お互い良い家に引き取られたと思うよ」

リヒャルトはどこかへらへらとした態度だった。

後継《あとつ》ぎのいない貴族が養子をどこからか取ることはそう珍しくはない。旧世代であれば血族の重要性の方が高いが、よほど位が高くなければ結局は養子を取るしかない。しかも親族がいなければ、血の繋がりのない子供を引き取って家の名前だけでも残したいと考えるものもいる。

苦肉の策という話だ。

「それにしても、全く。ヴェルや君たちに文句が言えないからって兄である僕を打《ぶ》つなんて。怖い妹だ」

「文句？」

「あぁ、ステラのことだよ。ほら、偵察隊に組み込んだだろう？　それが危ないーって話。でもヴェルには直接言えないみたいだし、あの子、君とは仲がいいんだろう？　友達に文句をいうのも無理だってことで僕さ。やれやれって感じだけどね。兄としては妹の我儘《わがまま》も受け止めるものさ」

そう言って、リヒャルトは打たれた頬をさすりながら、小さく笑い、その場を後にした。

ぽつんと残されたリリアンは衝撃の事実と、いまいち釈然《しやくぜん》としない何かを抱えたまま、時間が過ぎていくのを感じた。

「兄妹《きようだい》？」

つくづく思う。

自分は彼らのことを何も知らない。

彼らだけではない。思い返してみれば、艦橋メンバーの子たちのことも昔は全く意識を向けていなかった。

これから自分がやろうとしていることを考えれば、それではいけない。

もっとあの子たちのことを理解しなければいけないのだ。

エピローグ　まるっとひっくるめてやることが多い未来

まるで船酔《ふなよ》いを誘発《ゆうはつ》しそうな奇妙《きみよう》な状況《じようきよう》がティベリウスには起きていた。艦内《かんない》に物理的な揺《ゆ》れは存在していないはずなのに、まるで小さなうねりを断続的に受けているかのような感覚。

このワープの感覚に一生慣れることがない宇宙船乗りは多い。帝国《ていこく》軍もこのワープ酔いに関しては何とか対策を考えているが、その結果が出るのに二十年はかかることをリリアンは知っている。

その割には四年も経《た》てばワープ距離《きより》は飛躍《ひやく》的に伸《の》びて、一〇〇光年、二〇〇光年の距離は戦略に組み込《こ》まれるものとなる。

六十年後に至っては一〇〇〇光年の距離すら、数回のワープで移動できる程《ほど》になっていった。

未《いま》だ安全を考え、一〇光年、二〇光年のワープしかできない今と比べるとその差は歴然だ。

「――全機能チェック。周囲警戒《けいかい》を怠《おこた》るな。シールドも展開確認《かくにん》」

ヴェルトールの指示が薄暗《うすぐら》い艦橋に木霊《こだま》する。

「短距離ワープ成功。テスト距離、一〇〇万キロの跳躍《ちようやく》に成功です」

まずは光年距離ではない短距離ワープで様子見。

ミレイは震《ふる》える声で、そして最後は涙《なみだ》をこぼしながら報告した。

「お、おぉ！　ワープ出来てる！　ワープ出来てるぞ俺《おれ》たち！」

コーウェンも席から立ちあがり全身で喜びを表現していた。

三隻《せき》の艦隊との戦闘《せんとう》から実に一週間後のことである。その間、ティベリウスへの襲撃《しゅうげき》は二回。だがどれも、無人と思《おぼ》しき駆逐艦《くちくかん》のものであり、もはや大した脅威《きょうい》ではなかった。

明らかに手を抜《ぬ》いたような襲撃で奇妙なものであったが、それが幸いだったのか、それとも先の戦闘での大勝利を収めた勢いもあったのか。

はたまた、前世における損傷を受けることがなかった為《ため》か、ワープ機関の修理は思いのほか早く進むこととなった。

とはいえ、長距離ワープは未だ難しく、今回の短距離ワープもテストということで一回のみの実《じっ》施《し》。その後はまた機関の整備を行い、負荷《ふか》がかかっている部分のチェックと修理が全《すべ》て完了《かんりょう》したわけではない。

それでも、ワープが出来たという事実は、素直《すなお》に喜ぶべきものだろう。

あとは調整を繰《く》り返し、長距離ワープが実施可能となれば、地球への帰還《きかん》はもう果たされたも同然である。

当然、気を抜くことはできない。そんなことはみんなもうわかっていることだ。

わかってはいるが、この喜びだけは隠《かく》せるものではない。

それは艦長席に座《すわ》るヴェルトールも同じなようで、何日かぶりに、彼《かれ》は背もたれに体を預けて、脱《だつ》力《りょく》していた。

そして大きく息を吐《は》き、小さく笑い、隣《となり》に立つリヒャルトと目を合わせていた。

リヒャルトは、いつもの表情のままだったが小さく頷《うなず》いていた。

「ワープ機関の調整にはどれぐらいかかる感じかな?」

リヒャルトはデボネアへと尋《たず》ねた。機関室に繋《つな》いで確認してくれということだ。

「短距離ワープだけならば、三時間程の調整とのことです。短距離をあと四回繰り返し、異常がなければ長距離も実施可能であるとも」

「わかった。では機関室及《およ》び整備班はワープ機関の調整をさっそく始めてもらおう」

リヒャルトがそう伝えると、付け加えるようにヴェルトールも続いた。

「ワープが可能となった今、我々は戦闘を回避《かいひ》する術《すべ》を手に入れた。調整が済むまでは警戒は続くが、艦長権限により一時中止としていたパーティーを開催《かいさい》することを約束しよう。艦内全域に通達せよ。記念すべき長距離ワープの一回目が完了した暁《あかつき》には、許す。盛大《せいだい》にやろう」

その放送が流れたのち、ティベリウス内の生徒たちは大いに歓喜《かんき》の声を上げた。

それが確認出来て、リリアンも久しぶりに肩《かた》の荷が下りたように感じられた。

全てはうまく行っている。

いやうまく行きすぎているか? まぁどっちでもいいじゃないか。

ティベリウスは歴史通り、欠員を出すことなく、それでいて前世よりも少ない損傷で、もっと付け加えるなら大々的な勝利を携《たずさ》えた上で、帰還することが出来る。

でも、まだ気は抜けない。このタイミングだからこそ、敵はくるかもしれない。

「む……?」

だからリリアンはコンソールを操作し、モニターを確認しようとした。

彼らは優秀《ゆうしゅう》だが、まだ子供だ。どこかで休ませるのも大切だが……

そんなことを思った時には、ぷつりと意識が途絶《とだ》えていた。

そうなる前、誰《だれ》かの声が聞こえた。デボネアだろうか、ミレイだろうか、お調子者のコーウェンだろうか、それとも。


「ストレスです」

リリアンが次に目を覚ましたのは曰《いわ》く八時間後のことだったという。ただしこれは医務室に用意された睡眠《すいみん》用カプセルの中のことだ。肉体的な怪我《けが》はさておき、精神的な負荷をリフレッシュさせてくれるものであり、快眠を約束させる装置でもある。たった一時間で六時間の睡眠と同等の質も与《あた》えられると豪語《ごうご》された装置だが、今回のように精神的なストレスを根本から解消させるには装置のリフレッシュ機能をゆったりと使うため、六時間から八時間は眠《ねむ》らせないといけなかった。

全く以《もっ》て謳《うた》い文句とは真逆じゃないかと突《つ》っ込まれる装置であるが、時間をかければそれだけで簡易的な治療《ちりょう》にはなるので結局は帝国の全艦艇《ぜんかんてい》に配備されている。

「高負荷なストレスがかかっていました。気分はどうですか？」

目が覚めて真っ先に視界に飛び込んできたのはフリムの真っ白な髪《かみ》だった。

空気が抜ける音と共にカプセルが開放されると、少し肌寒《はだざむ》いものを感じる。制服姿のままだが、これは睡眠カプセルのせいだろう。長く眠っているせいで体温でも下がったのだろうか。冷凍《れいとう》睡眠装置ではないはずなのだが。

「悪くはないと思う」

ストレスが緩和《かんわ》されたという感覚はわかり辛《づら》いものだ。

「短距離ワープ実験は？」

「はぁ……」

フリムは小さくため息をついた。

リリアンからすればなぜといった感じだ。

「何となくそうじゃないかなと思っていましたけど、あなたもステラと同じでお節介《せっかい》さんなんですね。大丈夫《だいじょうぶ》です。今、ええと……あなたが倒《たお》れてからも二回の短距離ワープを実施していますので、あと一回、できれば長距離の準備でしょうね」

フリムはカプセル横の装置に表示されたバイタルデータを記録しながら言った。

「敵の襲撃は」

「今の所はありません。私としてはもう来ないんじゃないかなって……ほら、あれだけコテンパンにやったわけですし。と言いますか、ストレスの原因、それです。色んなことを気にし過ぎなんです。必要なことでもありますけど、リリアンさん、全部抱《かか》えようとしすぎですよ」

その若干《じゃっかん》投げやりな返答は、自分の相変わらずな態度を見ての反応だろうか。

それに、全てを抱えようとしているという指摘《してき》は、なるほど少し痛い部分を突かれた気がする。

とはいえ、誰に相談できるわけでもない。

「気を付けるわ。でもほら、第一艦橋はそういう場所よ」

「またそうやって……取り敢《あ》えず精神安定剤《ざい》と残り一日分の休憩《きゅうけい》を取らせろと、医務班長から厳命が出ていますから」

「わかった。わかったわよ。休む。ほらあなたも怒《おこ》らないで。同じことになってしまうわ」

「む……」

そう返されると、何も言い訳ができないのかフリムはほんの少しだけ頬《ほお》を赤らめて、それとなくそっぽを向いた。

「どうしてこういう人が多いのかしら……」

「あなたは真面目《まじめ》なのね。それに優《やさ》しいわ」

「話をそらさないでください」

「本当のことを言ってるのよ」

何を言ってもさらりと返されることに観念したのかフリムはそれ以上、口うるさく言うことはなかった。

「一応、カルテに残さないといけないので、いくつか質問しますけど……ストレスの原因に心当たりは……」

その後はあたりさわりのない診察《しんさつ》や心理テストを受けた。特に問題がないという判断が下されたのは当然だろう。

フリムはそれらをカルテにまとめると、しばらくは無言のまま、しかし意を決したように顔を上げると、

「あの……先日は、お見苦しいところをお見せして、申し訳ありません」

「あぁ……あれ。びっくりしたわ。なんで？　驚《おどろ》きはしたけど」

「いえ、その……一応、あの人は副長待遇《たいぐう》ですし、なんだかんだ期待されてる人じゃないですか。それに学校の人気者の一人だし。そんな人と、喧嘩《けんか》して、頬を打《ぶ》ったわけですし」

「兄妹《きょうだい》、なのよね？」

　周りに注意しながらリリアンが尋ねると、フリムは少し驚いた表情を見せるが、すぐに頷いた。

「リヒャルトが喋《しゃべ》ったんですね。隠すつもりはなかったのですが、言う必要も特になかったから」

「まぁ、そうよね。喧嘩するほどなんとやらって言葉もあるし、本音をぶつけられる関係性って私は悪くないと思うけど」

「そんな良いものじゃありませんよ……」

　フリムはどこか遠い目をしていた。

「嫌《きら》いなの？」

「わかりません。あぁいう性格ですから。昔から何を考えているのか。世渡《よわた》りがうまいのは間違《まちが》いないと思いますけど」

　どうやら兄妹以外にも複雑な関係があるようだが、それを追及《ついきゅう》することは出来なかった。

「……あなたも相当疲《つか》れているみたいね。気苦労が絶えないのはお互《たが》い様というわけよ」

「私はそういう仕事ですから」

「じゃあ私もそういうことを気にする仕事なの」

フリムは苦笑《にがわら》いを浮《う》かべた。

この人には敵《かな》わないかもしれないと思ったからだ。

「でも仕事は駄目《だめ》ですからね。見つけたら――」

「あっ！　起きたんですね！」

静かなはずの医務室に似つかわしくない声で入ってきたのはデボネアだ。

やはりというべきか、あの一件以来、デボネアはちょくちょくリリアンの後ろをついて回っていた。勤務中は真面目なのだが。

「ちょっと、静かにしてくれませんか」

「ええ、またあんたなの」

ちょっとだけ不機嫌《ふきげん》な様子のデボネアだった。

「そりゃ担当ですから。そしてここでは静かにお願いします」

「はいはい。それよりも、もう大丈夫なんですか？」

デボネアは軽い返事をしながら、リリアンへと駆《か》け寄る。

「随分《ずいぶん》と休ませてもらったみたいだし、体に問題はないわ。まぁ仕事はするなとドクターストップがかかっているから、呼び出しがない限りは部屋で休むけど……そうだ、あなたたち私の部屋にいらっしゃい。紅茶でもごちそうするわ」

「え、でも」

フリムは少しだけ慌《あわ》てて遠慮《えんりょ》するが、デボネアは乗り気だった。

「はい！　ぜひ！」

「あなたもいらっしゃい。色々と考えることがあるのでしょうけど、私みたいに倒れたらあとが大変でしょう？　良い紅茶を教えるわ。気分も良くなる。淹《い》れ方も教えるわよ。こう見えて、紅茶にはうるさいのよ。残念なのはここにあるのは冷凍保存品だから風味は落ちてるのだけど」

なに、その時は腕《うで》の見せ所だ。

少し考えすぎていた。いや何でもをやろうとしすぎていたのは事実だ。

しかし、彼らはみな優秀だ。自分が思っていた以上に出来る子たちだ。

全ての足を引っ張っていた愚《おろ》かな存在はもういない。なら、ちょっとは安心してもいいだろう。

だとしてもやることはまだある。地球に対する説明、未来の元帥《げんすい》閣下の出世、若き提督《ていとく》たちの今後、そして自分の立ち位置。仲間たちや、戦争、停滞《ていたい》している軍の改革。

でもそれは地球に帰ってからの話だ。

だから、今は……お言葉に甘《あま》えて休もう。

思えば、自分の意識は重粒子《じゅうりゅうし》の光の中で途絶えてから、ずっと休んでいなかった気がするから。

それから最後の短距離ワープテストが終了を迎《むか》えて、さらに六時間の調整を行い、ティベリウスは長距離ワープに成功する。

その事実と結果を携え、彼らは地球への帰路を確実なものとした。

【戦艦ティベリウス、奇跡《きせき》の帰還】と呼ばれることとなるこの事件。

それらが地球帝国に及ぼす影響《えいきょう》は、まだ誰も知らない。

リリアンにしても、新しい歴史の幕開けであるから。

もうこれ以降は未来の知識のアドバンテージは通用しないのだ。

ティベリウス消失から地球時間では実に四週間。

彼らは再び、蒼《あお》い星をその目で見ることとなる。

多くの衝撃《しょうげき》と感動と、政治的なあれこれを含《ふく》めて。

＊＊＊

一つ、付け加えることがあるとすれば、ティベリウスに乗艦していた生徒たちは、みな無事卒業することが出来た。当然といえば当然だろう。卒業試験以上のことを体験し、生きて帰ってきた。彼らはみな、実戦を経験したということになるし、もっと言えば今の帝国軍人たちですら経験したことがない長距離星間航行すら成し遂《と》げた。

事件の後、帰還したリリアンは過保護が過ぎる両親にもみくちゃにされつつ、疑いようのない愛情と心配の念を向けられて、少し戸惑《とまど》った。特に父に関してはリリアンは後方勤務にする、もう危険な目には遭《あ》わせないと息巻いており、これを説得するにはちょっと時間を要することになるだろうとリリアンは苦笑《くしょう》する。

ただ両親から向けられる親の愛情というものを改めて認識すると少し恥《は》ずかしくもあるし、嬉《うれ》しくもある。そんな両親すらもどん底に叩《たた》き落としたのがかつての自分なのだと思うと、また気分が

滅入《めい》ってしまうのだ。

とにかくしばらくは大人しくしておくのが良いだろう。父の説得もあるし、何より自分はここで止まるわけにもいかない。

両親は無事の帰還と卒業祝いを兼《か》ねた派手なパーティーを開催しようとしていたが、それは丁重《ていちょう》に断り、疲れているという言い訳をして、リリアンはそそくさと自室に戻《もど》った。

「あれだけのことをして、学校からはこんな紙切れ一枚か」

リリアンは綺麗《きれい》さっぱりと片付けられた自室で、卒業証書をなんとはなしに眺《なが》めた。

「まぁ教育機関だし、仕方ないか。むしろ得をしてるのはあっちだけど」

奇跡の帰還者を数多く出したことになる学園は、その知名度と影響力を高めた。学園長に至ってはそれは自分の教育方針のたまものだと言い出す始末だが、まぁそれは大目に見てあげてもいいだろう。

ついでに、これで学園の入学希望者が跳《は》ね上がる。といってもこれは前世でも同じだった。それでもなお、帝国軍の人材不足や質の低さを補うほどではなかったのだ。

「やることが沢山《たくさん》。頭が痛くなるわね」

だが、どこかわくわくもする。年甲斐《としがい》もなく……いや肉体としては年相応というべきか。

当面は奇跡の帰還者たちに対する多くの取材に対応しなければいけない。

あぁ、これは本当に面倒《めんどう》くさい。根掘《ねほ》り葉掘り、いろんなことを聞かれるし、軍や研究機関からは一体何を見たのかと、何と遭遇《そうぐう》したのかと何時間も質問攻《ぜ》めにあう。

その殆《ほとん》どに賞賛が含まれていることは事実だが、気分は籠《かご》の中の鳥だし、妙に持て囃《はや》されるのも薄気味悪いものだ。

二十歳《はたち》にも満たない小僧《こぞう》と小娘《こむすめ》に佐官《さかん》を与えようなどというバカげた話も持ち上がっているし、今にもそれに許可のハンコが押《お》されようとしている。

それは間違いなく平和なのだと思う。

平和だからこんな風にアイドルとして持ち上げる。だが、階級と昇進《しょうしん》をもらえるというのならもらっておくべきだろう。権力はある方が良い。何をするにしてもだ。

リリアンは立ち上がると、窓を開ける。

満天の星と夜空の月の光が彼女《かのじょ》を照らす。

その空の向こう、星の先、宇宙の果てを見るように。

「来るなら来いってもんよ。やれるところまでやってやるさ。それが、アタシの贖罪《しょくざい》なんだからね」

その一言は、老婆《ろうば》としての言葉である。

あの凄惨《せいさん》な未来を変える。それは、きっと、自分に課せられた使命だと思うから。

あとがき

これからの時代はＳＦなんですよ……！

初めましての方は初めまして、お久しぶりの方はお久しぶりでございます。

作者の甘味亭太丸《かんみていふとまる》と申します。

今作を含《ふく》めて三つ目となる書籍《しょせき》化なのですが、実はあとがきが一番苦手だったりするのですが、それはさておいて……

『悪役令嬢《れいじょう》、宇宙を駆《か》ける』ですが、第９回カクヨムＷｅｂ小説コンテストにて特別賞を頂き、書籍化となりました。何かといろんなものと組み合わされる悪役令嬢ですが、ついに宇宙戦艦《せんかん》にまで乗り込《こ》んでしまったのです。


さて、今作は私が漠然《ばくぜん》と「戦艦もの書きてぇなぁ」と思い、実は執筆《しっぴつ》前の段階ではファンタジーものだったり、スチームパンクものだったりといくつかの変遷《へんせん》もあり、なんならそれらの段階で十数話分の話も書いてみたのですが、どれもいまいちピンとこなかったのです。

しかし、「やはりここは宇宙戦艦で行こう」と思い切って舵《かじ》を切ったら、これがピタリと当てはまり、それ以降はいわゆる筆が進むと言いましょうか、かなり楽しく執筆が捗《はかど》ったのです。

そんな「ＳＦ」で「戦艦」というジャンル。これらには数多くの名作が存在しますが、果たして拙作《せっさく》はそれら偉大《いだい》なる先達《せんだつ》たちに立ち向かえるのか、肩《かた》を並べられるのか、不安いっぱい、そして期待もいっぱいでございます。

不安と言えば、「ＳＦ」に限った話でもないですが、「戦艦」となると、いわゆる人型ロボットなども登場することが多いのですが、今作に限っては構想の段階から既《すで》に除外していました。別にこれは作者がそういったジャンルが嫌《きら》いだとかではなく、メインとなるものを一本に絞《しぼ》りたかったというのもあります。

ロボットが出てくると、それは一瞬《いっしゅん》にして「ロボットもの」となります。それではいけない。自分は「戦艦もの」を書いているのだと。

もちろん不安がなかったわけではありません。しかも悪役令嬢とＳＦ戦艦という異色もよいところな組み合わせ。ここで更《さら》に話をややこしくする要素を入れると間違《まちが》いなく作品としての軸《じく》がブレてしまうと思い、ある意味では初志貫徹《しょしかんてつ》出来たなと。

ですが、これが思いのほか好評を頂き、ここまでやってきました。Ｗｅｂ版からお付き合い頂いている読者の方々には本当に感謝です。

同時に「いけるじゃないか、ＳＦ。やれるじゃないか戦艦」という自惚《うぬぼ》れも……

そしてこの勢いというものを途絶《とだ》えさせてはならぬ、ＳＦは、そして戦艦はもっと輝《かがや》けるのだと信じていけるはずだと確信したのです。

SFは敷居《しきい》が高いと思われています。

ですが、そんなことはないのです。確かに近年ではハードSFと呼ばれるような壮大《そうだい》かつ緻密《ちみつ》な設定を盛り込んだ重厚《じゅうこう》で濃厚《のうこう》な作品がいくつも発表され、そのどれもが大好評。

しかし同時にその深すぎる設定故《ゆえ》に手を出し辛《づら》いと思う人がいるのもまた事実。

SFは敷居だけではなく、どこかお堅《かた》い印象を持たれているのかもしれない。

それでもSFは楽しい、面白《おもしろ》い。その良さを知ってもらいたい。そんな思いも込めて、気軽に読めるような作品に仕上げたと自負しています。

最後に、担当のK様、イラストを担当なさってくれましたヨシモト様、そして手に取ってくださった読者の皆様《みなさま》に、感謝を。

SFの未来は明るい！　宇宙の神秘、未知なる科学！

明日のSF作家は、君だ！

本書は、２０２３年にカクヨムで実施された「第９回カクヨムＷｅｂ小説コンテスト」でカクヨムプロ作家部門特別賞を受賞した「悪役令嬢、宇宙を駆ける～二度目の人生では出しゃばらないと決めたのに、気が付けば大艦隊を率いています～」を加筆修正したものです。

DRAGON NOVELS
ドラゴンノベルス

悪役令嬢、宇宙を駆ける
二度目の人生では宇宙艦隊を率いて星間戦争を勝利に導きます

2025年 3 月 5 日　初版発行

著　　者　甘味亭太丸《かんみていふとまる》

発 行 者　山下直久

発　　行　株式会社 KADOKAWA
〒 102-8177　東京都千代田区富士見 2-13-3
電話 0570-002-301（ナビダイヤル）

編　　集　ゲーム・企画書籍編集部

装　　丁　AFTERGLOW

D　T　P　株式会社スタジオ２０５ プラス

印 刷 所　大日本印刷株式会社

製 本 所　大日本印刷株式会社

DRAGON NOVELS ロゴデザイン　久留一郎デザイン室+YAZIRI

●お問い合わせ
https://www.kadokawa.co.jp/（「お問い合わせ」へお進みください）
※内容によっては、お答えできない場合があります。
※サポートは日本国内のみとさせていただきます。
※ Japanese text only

定価（または価格）はカバーに表示してあります。

ISBN978-4-04-075824-4　C0093

◇◇◇

捨てイヌ拾ったら
テイマーになった件
自称・平凡な男子高校生は、強すぎるペットたちと共にダンジョン無双
●REC
反面教師
Ill. チワワ丸
REC
ドラゴンノベルス